Autorenclub Donau-Ries

## Die Idee

Der Autorenclub Donau-Ries bringt Menschen aus unterschiedlichen Generationen und Branchen zusammen – doch wir alle lieben das Schreiben und die Bücher. So wuchs der Wunsch, gemeinsam ein Buch herauszugeben zu einem Thema, das allen am Herzen liegt. Bei der Suche nach dem Thema stellte sich schnell heraus, dass die meisten von uns Haustiere haben oder hatten. Unsere Lieblinge sowie Tiere, die wir in Garten und Nachbarschaft beobachteten, inspirierten uns zu 15 knackigen und philosophischen, lustigen wie ernsten Geschichten.

## Die Autoren

Dieses Buch schrieben Menschen zwischen 45 und 85 Jahren. Sie übten bzw. üben ganz unterschiedliche Berufe aus. Am Ende dieses Buches stellen wir uns ausführlicher vor. Uns verbindet die Liebe zum geschriebenen Wort, der Wunsch, Texte und Buchideen weiterzuentwickeln und die Freude daran, lesebegeisterte Menschen zu informieren, unterhalten und bewegen. Wir freuen uns über Kommentare und Kontaktaufnahmen unter *info@autorenclub-donau-ries.de* sowie Rezensionen auf amazon.de.

*Autorenclub Donau-Ries*

# Viecherei

15 tierische Kurzgeschichten

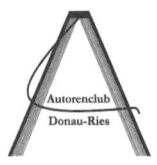

www.autorenclub-donau-ries.de

Die Deutsche Nationalbibliothek verzeichnet diese Publikation in der Deutschen Nationalbibliografie; detaillierte bibliografische Daten sind im Internet über http://dnb.dnb.de abrufbar

Herstellung und Verlag:
BoD - Books on Demand, Norderstedt

Umschlaggestaltung:
© ShellFellow ArtWorks, Germany
Umschlagbild: Gabriele Geiger-Bissinger

ISBN 978-3-744-89853-9
Auch als **eBook** erhältlich!

# ❖ Inhalt ❖

Das schlaue Mäuslein .................................................7

Ein kleines Missverständnis.................................17

Escargot.................................................................23

Volpe der Zugspitzfuchs.................................41

Neues aus dem Haifischbecken .......................47

Halterwechsel.................................................53

Die drei Musketiere.................................67

Schnurri, immer für eine Überraschung gut ..........87

Kitty von Silbersandstein und ihre Gefährten.......105

Wie die Glückskäfer zu ihrer roten Farbe kamen .125

Jakob und Pluto.................................................131

Cato vom Kartäusertal .................................145

Igel .................................................................157

Isabella .................................................................169

Lumpi.................................................................179

**Übersicht der Autoren .................................185**

# Das schlaue Mäuslein

*- Alfred Bäurle -*

Wir, das sind meine Frau und ich, waren in unser neues Haus eingezogen. Die Wohnung im Erdgeschoss hatten wir fertiggestellt und komplett eingerichtet. Aber es war noch lange nicht alles so, wie es unseren Planungen entsprach.

Es gab im Haus weiterhin einiges zu richten. Besonders im Keller war viel zu tun.

Die Autogarage fehlte und die Einfriedung des Grundstückes stand noch bevor. Die Waschküche war noch nicht gepflastert und auch im Vorratsraum fehlten die Regale. Wir wollten die anstehenden Arbeiten nach und nach, im Rahmen unserer finanziellen Möglichkeiten, bewerkstelligen.

Der Winter war vorbei und wir hatten vorgesehen, im Frühjahr einige Gemüsebeete im Garten anzulegen.

Im Keller hatten wir bereits einen Ballen Torf eingelagert, den wir zur Verbesserung der Humuserde in die Gemüsebeete einarbeiten wollten.

Als ich nach einem langen, harten Arbeitstag heimkam, berichtete mir meine Frau etwas aufgeregt, dass im Keller irgendein Kleintier sein müsse. Sie hatte immer wieder ein seltsames Rascheln gehört, konnte aber von keinen näheren Beobachtungen berichten.

Zunächst dachte ich nicht daran, sofort aktiv zu werden. Als ich aber am nächsten Tag in den Keller kam, bemerkte ich, dass die Umhüllung des Torfballens ein Loch aufwies, das am Vortag noch nicht vorhanden gewesen war. Offenbar hatte eine

Maus Wohnung in unserem Keller genommen, so mein dringender Verdacht.

Da Mäuse nicht zu den Lieblingstieren meiner Frau zählen, drängte sie mich, den neuen Hausbewohner ausfindig und unschädlich zu machen oder wenigstens aus dem Keller zu verjagen.

Also machte ich mich nach Feierabend auf die Suche, um nach Entdeckung des Eindringlings geeignete Maßnahmen ergreifen zu können.

Kräftig rüttelte ich am Torfballen und stocherte mit einem Stecken in das Loch, da ich das Tierlein im Torfballen vermutete. Doch dies zeitigte keinen Erfolg. Von einer Maus war nichts zu sehen.

Im Vorratsraum standen noch mehrere Kartons, deren Inhalte in die fehlenden Regale verfrachtet werden sollten, sobald diese montiert waren. Vorsichtig setzte ich einen Karton nach dem anderen um und beäugte sorgfältig alle Lücken.

Siehe da, eine kleine Feldmaus huschte behände an mir vorbei in den nächsten Raum. Innentüren gab es im Keller noch nicht.

Schnell eilte ich in den Nebenraum, um den kleinen Nager zu fangen. Dabei musste ich die Erfahrung machen, dass das Habhaftwerden von solchen Kleintieren alles andere als ein leichtes Unterfangen darstellt. Die Situation war ähnlich wie bei der Geschichte, die den Wettlauf zwischen dem Hasen und dem Igel schildert.

Zwar fühlte ich mich überlegen, doch dieser Eindruck entpuppte sich schnell als Trugschluss.

Stand ich in der linken Ecke, verharrte das Mäuslein in der rechten. Lauerte ich rechts, saß sie links. Mehrmals wechselten der Jäger und die Gejagte ihren Standort. Geduckt, lauernd, mit lebhaften Augen blinzelnd entkam mir das Mäuslein immer wieder.

Nach meinen längere Zeit anhaltenden Bemühungen rannte das kleine Tier, ehe ich reagieren konnte, an mir vorbei und zur Türöffnung hinaus.

Es blieb mir gerade noch die Zeit, zu erspähen, in welchem Raum sie Zuflucht genommen hatte.

Es war die Waschküche.

Doch ich konnte die Flüchtige nirgendwo sehen, wenngleich ich mit Argusaugen alle Ecken und Winkel durchsuchte. Außer der Waschmaschine war noch nichts in diesem Raum untergebracht.

Die Maus musste wohl in der Waschmaschine Zuflucht genommen haben.

Also, was blieb mir anderes übrig, als kräftig am besagten Gerät zu rütteln. Aber der kleine Nager verließ sein Versteck nicht.

Nach kurzer Zeit wurde mir klar, dass nur ein strategisches Vorgehen zum Erfolg führen konnte. Mit einem Karton versperrte ich die Türöffnung der Waschküche, die zum Gang führt, und ging nach oben, um eine Taschenlampe zu holen.

Nachdem ich eine solche, zu meiner Verwunderung, auch gleich fand, denn Ordnungsliebe kann nicht zu meinen herausragenden Tugenden gezählt werden, kehrte ich in das Jagdrevier zurück.

Es gelang mir, die Waschmaschine einen halben Meter von der Wand wegzurücken. Nun konnte ich mit der Taschenlampe die Apparaturen, die sich in deren Gehäuse befanden, ausleuchten.

Mehrmals ließ ich den Lichtkegel der Lampe über Schläuche, Motoren, Pumpen und Keilriemen gleiten. Nichts war zu sehen.

Schon wollte ich resigniert aufgeben. Als mich plötzlich zwei Mäuschenaugen anfunkelten, kehrte meine Motivation zurück.

Das kleine Tier atmete schwer. Ich erkannte mit sicherem Instinkt, dass ich ihm äußerst unsympathisch war.

Das Mäuslein blickte mit äußerster Konzentration auf mich, seinen Feind. Irgendwie tat mir die Maus leid. Sie hatte sich in unseren Keller verirrt und musste nun um ihr Leben fürchten.

Sie sah wirklich niedlich aus. Wie kleine Löffelchen ragten ihre Ohren über den Kopf hinaus. Das Fell schien sehr weich zu sein und glänzte matt. Die Schnurrhaare oder Tasthaare, wie sie manchmal auch genannt werden, vibrierten. Geduckt und sprungbereit saß das Tier auf der Wasserpumpe der Waschmaschine. Die Vorderbeine hatte die Maus eng unter den Körper gezogen. Die Augen scheu in alle Richtungen bewegend, verharrte das Tierchen im Lichtschein der Taschenlampe.

Meine wieder aufkommende Jagdleidenschaft unterdrückte das aufkeimende Mitleid mit der Gejagten. Mit einem zerbrochenen Besenstiel rückte ich nun dem Tier auf den Leib.

Ehe ich mich versah, huschte die Maus aus der Waschmaschine heraus, rannte zwischen meinen Beinen hindurch, fand eine kleine Öffnung in der von mir angebrachten Türabsperrung und flüchtete in rasanter Geschwindigkeit in den Gang.

Dort lag noch ein Rohr, das bei der Montage des Leitungssystems für die Zentralheizung übrig geblieben war. Die Länge des Rohres war etwa drei Meter.

Gerade noch, im letzten Augenblick, konnte ich erkennen, dass die Maus in das Rohr hinein schlüpfte. So nun sitzt du in der Falle, dachte ich triumphierend bei mir.

Ohne Hektik schmiedete ich mir einen geeigneten Plan zurecht, um meine Bemühungen mit Erfolg krönen zu können.

Zuerst legte ich je einen Ziegelstein vor die Rohröffnungen. Die Maus war gefangen. Eigentlich musste ich jetzt nur noch warten, bis sie im Rohr ihr Leben aushauchte.

Doch schon kurze Zeit später reute mich dieser Gedanke. Ich brachte es nicht übers Herz, das Tierlein einfach verhungern zu lassen. Eine andere Lösung musste gefunden werden.

Zunächst stellte ich einen großen Mörtelkübel vor das eine Ende des Rohres, in das sich der Nager verkrochen hatte. Diesen Kübel füllte ich jetzt bis etwas über die Hälfte mit Wasser. Am Wasserhahn ließ ich eine Gießkanne voll laufen.

Ich konnte mir Zeit lassen. Für die Maus gab es, nach meiner Einschätzung, kein Entrinnen aus ihrer Rohrbehausung.

Jetzt legte ich das eine Ende des Rohres auf den Mörtelkübelrand und hob das andere Rohrende soweit an, dass ein Gefälle entstand.

Meine Überlegung war: Wenn ich nun mit der Gießkanne Wasser in das Rohr einfüllte, würde die Maus aus der Röhre geschwemmt werden, in den Mörtelkübel plumpsen und unweigerlich ins Wasser fallen.

Es dauerte nicht lange, da spitzte das Tierlein aus der Rohröffnung. In dieser misslichen Lage spreizte es die Vorderbeine auseinander und presste diese an die Innenwand des Rohres, um von der Wasserflut nicht mitgerissen zu werden.

Einige Wimpernschläge lang verharrte die Verfolgte in der Rohröffnung.

Unruhig äugte die Maus nach links und rechts, offenbar um ihre Überlebenschance auszuloten.

Dann, ich traute meinen Augen nicht, so überrascht war ich, schaffte sie es mit einem beachtlichen Satz, den ich dem kleinen Nager nie zugetraut hätte, über den mit Wasser gefüllten Mörtelkübel zu springen. Mit den Vorderbeinen erwischte das verängstigte Tierlein gerade noch den gegenüberliegenden Rand des Gefäßes. Sein langer Schwanz hing im Wasser.

Blitzschnell zog sich die Maus am Rand hoch, sprang auf den Fußboden und rannte durch die

Außentür, die einen Spalt offen stand, ins Freie.

Leider hatte ich in meiner Siegesgewissheit vergessen, diesen Fluchtweg zu versperren.

Ich bin das Gefühl nicht los geworden, dass die Maus noch einmal kurz umschaute. Manchmal glaube ich sogar, beobachtet zu haben, dass sie mich angegrinst hat, wenngleich ich nicht sicher bin, ob Mäuse zur Häme fähig sind.

Immer wieder hatte ich in den folgenden Tagen den kühnen, lebensrettenden Sprung der kleinen Maus vor Augen.

Zuerst habe ich mich über meinen Misserfolg etwas geärgert.

Heute freue ich mich aber darüber. Habe ich doch daraus lernen können, dass auch kleine Tiere vernunftbegabte Menschen überlisten können.

Ich tröstete mich damit, nicht gänzlich versagt zu haben. Wenigstens konnte ich meiner Frau melden, dass ich den Eindringling vertreiben konnte.

Dies war ja schließlich auch mein Auftrag.

# Ein kleines Missverständnis

*- Johann Enderle -*

Er war damals noch sehr klein, mein Bruder Michi. Er hatte gerade gelernt, Wörter sinnvoll aneinander zu reihen. In dem Dorf, in dem wir aufwuchsen, gab es keinen Kindergarten. Die Omas und Opas erledigten die Kindererziehung und als Kinderhort diente die Küche des Bauernhauses, in der das ganze Leben stattfand.

Eines Tages, es war im Frühjahr, kam ich, selbst noch klein, von der Schule nach Hause und setzte mich an den Tisch, auf den die Mutter das Mittagessen gestellt hatte.

Unsere Eltern bewirtschafteten einen Bauernhof mit Kühen, Ochsen und Kälbern. Schweine, Hühner und Gänse gehörten zum Inventar, ein Hund, der auf den Namen Bello hörte und ein halbes Dutzend Katzen bewohnten den großen Garten und den Hof.

An jenem Tag nun, ich war etwas zu spät nach Hause gekommen, musste ich alleine essen und Mutter, die mit Oma schon das Geschirr spülte, war ungehalten und schimpfte. Sie ärgerte sich und erzählte Oma von der Kuh, die bald kälbern sollte und vom Tierarzt, auf den sie wartete, wegen der Ferkel, die alle krank waren.

Michi, mein kleiner Bruder, tänzelte um die beiden Frauen herum, interessierte sich wohl wenig für die Sorgen der Mutter, aber er hatte etwas aufgeschnappt und wollte wissen:

„Mutti, was ist kälbern?"

Mutti war nicht erfreut, gestört zu werden. Sie hatte genug Arbeit in der Küche und draußen auf dem Hof und die lästige Fragerei ihres kleinen Sohnes konnte schon nerven. Dennoch, mit einem Seufzer, wischte sie sich die Hände am Geschirrtuch ab, ging in die Hocke und erklärte Michi, was er wissen wollte.

„Also, mein Junge, wenn eine Kuh ein Junges bekommt, dann sagt man dazu, die Kuh kälbert. Verstehst du das?"

Na klar verstand er das und nickte heftig mit dem Kopf.

Dann kam er zufrieden an den Tisch, stieg auf den Stuhl und schaute mir beim Essen zu.

„Was machst du, wenn du gegessen hast?", wollte er nun von mir wissen.

„Hausaufgaben, ich muss noch für die Schule lernen", sagte ich.

„S c h a d e", bedauerte er und machte eine Schnute, „ich hätte dir so gerne meine Katze gezeigt. Du hast sie bestimmt noch nie gesehen. Die ist schön dick, weil ich sie immer gut füttere. Und die schnurrt immer so schön, wenn ich ihr das Fell kratze."

Es sollte wohl kraulen heißen, aber mit der Wortfindung kam er noch nicht so ganz klar. Und ich war erstaunt, von ihm eine so langen Rede zu hören. Das war ungewöhnlich. Er schien die Katze ja sehr zu mögen, und ich forderte ihn auf, zu ihr zu gehen und mit ihr zu spielen.

Er fand den Vorschlag gut, stieg vom Stuhl und verließ gemächlich die Küche.

Jetzt hatte ich meine Ruhe, kramte, nachdem Mutter den Tisch abgewischt hatte, meine Bücher und Hefte aus der Schultasche und begann, Zahlen zu rechnen.

„Ein mal sieben ist sieben, zwei mal sieben ist..."

Ich war sehr konzentriert und vertieft in meine Schulaufgaben. Obwohl Rechnen nicht gerade mein Lieblingsfach war, kam ich ganz gut voran und blendete die Anwesenheit von Oma und Mutter fast völlig aus.

Die Sonne schickte ein paar Frühlingsstrahlen durch das Fenster, brachte Staubpartikel zum Tanzen und der Schein erhellte das Heft, in das ich schrieb, als plötzlich die Küchentüre aufgerissen wurde und ein atemloser Michi mit hochrotem Kopf auf Mutter zugestürzt kam und freudig ausrief:

„Mutti, Mutti, meine Katze hat g e k ä l b e r t!"

# Escargot

*- Gabriele Geiger-Bissinger -*

Im Morgengrauen hatte sich Max auf den Weg in den nahegelegenen Wald gemacht. Jetzt im Herbst wollte er Pilze sammeln und sie in seinem kleinen Lokal zum Verzehr anbieten. Er war zwar ein begeisterter Sammler, aber als Koch und Restaurantbesitzer musste er auf Nummer Sicher gehen. Deshalb hatte er seinen Kumpel Hans, einen anerkannten Pilzexperten, engagiert, um seine gesammelten Schätze begutachten zu lassen. So konnte er ruhigen Gewissens die Gerichte auf seine Speisekarte setzen. Nicht, dass er sich um das gesundheitliche Wohlergehen seiner Gäste sorgte, er hatte nur nicht gerne mit der Polizei zu tun. Ihm war durchaus bewusst, dass Pilze sammeln für gewerbliche Zwecke verboten war, aber das konnte ihn nicht davon abhalten, seine Gerichte mit einem Gemisch aus gekauften und gesammelten Exemplaren anzubieten. So sparte er sich eine Menge Geld.

Max war auf dem Weg gewesen, ein ganz großer Koch von internationalem Ruf zu werden. Doch seine Betrügereien, Schmuggel und sogar Körperverletzung hatten ihn ins Gefängnis gebracht. Er hatte seine Strafe abgesessen und wollte jetzt hier, in diesem abgeschiedenen Teil Bayerns, wieder auf die Beine kommen.

„Meine Pilzgerichte sind der Hit. Die Leute lecken sich alle zehn Finger danach ab. Da merkt kein Mensch, dass ich da getrickst habe", dachte er gerade. Mit vollem Korb, natürlich feinsäuberlich vor neugierigen Blicken durch ein Tuch geschützt, trat er auf eine Lichtung. Wäre er nicht Max gewesen, hätte ihn dieser Anblick wohl für ein paar Sekunden verzaubert. Vor ihm lag eine üppig blühende Wiese. Eingerahmt von Bäumen, die ihr Laub bereits in verschwenderische herbstliche Farben getaucht hatten. Die scheinbar zufällig aufgespannten Spinnennetze glitzerten im Licht der aufgehenden Sonne und zu allem Überfluss stand mitten im Grün ein Rudel Rehe.

All diese Schönheiten der Natur konnten Max allerdings nicht beeindrucken. Ganz im Gegenteil. Er bedauerte, das Gewehr nicht dabei zu haben, denn ein Rehbraten wäre eine Bereicherung seiner Speisekarte gewesen. Außerdem litt er an einer Bienenallergie und fühlte sich deshalb immer etwas unsicher, wenn er draußen unterwegs war. Jetzt wollte er schnell nach Hause. In einer Stunde musste er bereits das Lokal öffnen. Sein Frühstücksbuffet war hier in der Gegend bereits in aller Munde. Heute am Donnerstag würden erfahrungsgemäß viele Gäste auf eine gute Verköstigung warten und seinen „Early Morning Kreationen" höchstes Lob zollen.

Das Halb-und-Halb Prinzip, wie er es nannte, bewährte sich auch hier wieder. Er kaufte offiziell Bioprodukte, also Butter, Eier, Fleisch, Gemüse usw., bei den umliegenden Biobauern ein. Doch mindestens die Hälfte seiner benötigten Lebens-mittel erstand er auf zwielichtigem Wege. Bei den Beträgen, die er da zahlte, machte er richtig satt

Gewinn. Zumal er ja mit frischer Bioware warb und dementsprechend die Preise für sein Buffet angehoben hatte. Tierhaltung oder der Einsatz von Pestiziden beim Gemüseanbau, über solche Dinge dachte er nicht nach. Es interessierte ihn einfach nicht. Er wollte möglichst schnell viel Geld verdienen und sich dann in Südfrankreich endlich zur Ruhe setzen.

Als Max zum Gehen ansetzte, knirschte es unter den Sohlen seiner Gummistiefel und er spürte, dass er auf etwas Glitschiges getreten war. Sein Blick ging zum Boden. „Ach nee, sieh an, da sind ja Weinbergschnecken. Wie lange habe ich keine mehr gegessen. Das ist ja ewig her", jubelte er im Stillen. Leider hatte er schon eine zertreten und auf die Schnelle sah er auch nur noch zwei weitere Exemplare, die er ohne nachzudenken schnell in seinen Korb warf, bevor er sich eilig auf den Heimweg machte. „Morgen früh komme ich wieder und suche noch mehr. Die Schnecken stehen hier zwar unter Naturschutz, aber wen juckt das schon", überlegte er. „Die koche ich nur für mich. Mit einer Knoblauch-Füllung, dazu richtige Waldpilze und einen guten Weißwein, das wird herrlich." So vor sich hin grübelnd kam er ziemlich abgehetzt bei seinem Lokal an.

„Wo bleibt Hans bloß? Zuverlässig ist auch etwas anderes", brummte Max. Sein Freund hatte eher ein einfaches Gemüt, deshalb war er genau der Richtige, um den Job als Pilzgutachter bei ihm zu erledigen.

Schwammerl und nichts anderes interessierten ihn. „Er muss unbedingt einen Blick auf meine heutige Ausbeute werfen, da sind zwei Stück dabei, bei denen ich mir nicht ganz so sicher bin", überlegte Max.

Fünf Minuten später knallte er den Korb wütend in eine wenig benutzte Ecke seiner Küche und fing an, das Frühstück vorzubereiten. Er hatte alle Hände voll zu tun, denn seine Küchenhilfe meldete sich ausgerechnet für heute krank, und so wie es den Anschein hatte, würde auch Hans heute nicht mehr auftauchen.

„Wir müssen hier raus. Ich kenne solche Orte von Erzählungen meiner Landsleute. Wir sind in größter Lebensgefahr." Pierre versuchte, seiner Mitgefangenen die prekäre Lage, in der sie sich befanden, verständlich zu machen. Doch die zickte nur herum und meinte: „Wieso, so sind wir wenigstens schnell weitergekommen und mussten nicht ewig kriechen. Hier ist es doch ganz gemütlich." „Gemütlich, gemütlich!" In Pierre stieg die Wut bis in die Spitzen seiner Fühler hoch. Wie konnte man nur so dumm sein!

Vor einer halben Ewigkeit war er in Frankreich aufgebrochen, um nicht in genau so eine Situation wie diese hier zu kommen. Er hatte auf einer wunderschönen Lichtung gelebt und dort ein gutes Leben gehabt. Er und seine Artgenossen, eine ganz besondere Art von Weinbergschnecken, waren dort heimisch gewesen. Doch dann, Pierre schauderte es bei dem Gedanken immer noch, kamen die Zweibeiner. Erst nur ein Einzelner. Er war etwas kleiner gewesen als die, die ihm folgten. Er schien ganz nett zu sein. Sie spielten sogar zusammen. Er hob Pierres gesamte Sippschaft auf und rannte mit ihnen in einem atemberaubenden Tempo über die Wiese. Alle hatten es richtig genossen. So schnell waren sie noch nie vorwärts gekommen. Dort, am anderen Ende der Lichtung, gab es noch viel besser schmeckende Kräuter als auf ihrer Seite. Die Schneckenschar war sich einig, sich dort ein gemütliches Zuhause einzurichten. Der Zweibeiner streichelte noch einmal allen über ihr Haus, dann hatte er Anne hochgehoben und in einen Beutel gesteckt. Zuerst dachten alle, es sei ein neues Spiel, doch als er den Beutel zugeschnürt hatte und mit der schreienden Anne davongelaufen war, wurde es totenstill auf ihrer Wiese. An diesem Nachmittag hatte Pierre seine Schwester zum letzten Mal gesehen.

Am nächsten Morgen war eine ganze Horde dieser riesigen Geschöpfe über ihre Wiese hergefallen. Sie machten vor nichts und niemandem halt. Alle wurden sie aufgesammelt. Ob große oder kleine, ob junge oder alte Tiere, es war ihnen egal gewesen. Manche wurden an Ort und Stelle ohne jeden Skrupel zertreten. Pierre hatte an diesem alles verändernden Tag Glück im Unglück gehabt. Er war auf der Suche nach einem guten Leckerbissen in den Wald gekrochen. Dort suchte keines dieser Monster nach Schnecken. Aber ein Gesprächsfetzen der Sammler, den er mit anhören konnte, ließ ihn das Blut in den Adern gefrieren. „Das wird das beste Hochzeitsmahl aller Zeiten. Wir schmeißen die Schnecken in kochendes Wasser, bis sie oben schwimmen, und dann werden …“, den Rest dieses grausigen Vorhabens konnte er nicht mehr verstehen, denn die beiden waren bereits zu weit weg.

An diesem Tag hatte für Pierre die Flucht begonnen. Sie war zu einer kräftezehrenden und nie enden wollenden Reise geworden. Doch vor ein paar Wochen war er hier angekommen und seitdem ließ er es sich auf dieser wunderschönen Wiese endlich wieder gut gehen. Er war der Meinung, keine Angst mehr haben zu müssen. Denn hier wurden die Weinbergschnecken schließlich geschützt.

Doch nun war er, zusammen mit dieser Igno-rantin, in diesem blöden Korb und wusste genau, was ihnen blühte, wenn sie nicht sofort zu fliehen versuchten.

„Wenn du unbedingt bei lebendigem Leibe gekocht werden willst, bitte dann bleib doch hier!“, schrie er sie an. Wütend drehte er sich um und begann, auf einen Pilz zu klettern, der ein klein wenig über den Rand des Korbes hinausragte. Pierre war schon immer sportlich gewesen, die schnellste Schnecke weit und breit. „Umso besser, dann hältst du mich wenigstens nicht auf“, setzte er noch hinzu.

„Hey, nimm mich mit!“ Die schrille Stimme Martas ließ Pierre zusammenzucken. Zwei Drittel des Pilzes war er schon hochgerutscht, als seine Mitgefangene es sich doch noch anders überlegte. Genervt drehte er sich um und meinte trocken: „Nö, bleib wo du bist, ohne dich bin ich viel schneller. Außerdem hast du wohl in letzter Zeit ziemlich viel gefressen. Dein ganzes Gewicht hier hoch zu hieven, das wäre viel…" Weiter kam Pierre mit seinen Gemeinheiten nicht. Eine gewaltige Erschütterung, begleitet von einem grausigen, fauchenden Geräusch, riss den Korb mitsamt seinem Inhalt um. Pierre und Marta zogen sich blitzschnell in ihre Häuser zurück und wurden zusammen mit den Pilzen auf den Küchenboden geschleudert.

„Pierre, geht es dir gut?" Noch während die beiden wirbelnd über die Fliesen purzelten, schrie Marta so laut sie konnte nach ihrem Begleiter. Doch eine Antwort bekam sie nicht. Nach einer gefühlten Ewigkeit kam sie zum Liegen. Noch ganz benommen vom vielen Rollen, verhielt sie sich erst einmal ganz still. Sie wollte kein unnötiges Risiko eingehen. „Hoffentlich ist Pierre nichts passiert. Er ist so ein Süßer. Er gefällt mir richtig gut und sein niedlicher Akzent erst", ging es ihr durch den Kopf. Marta war zwar eine etwas faule, dafür aber eine sehr kluge Schnecke. Ihr war klar, dass das eine Katze gewesen war und sie jetzt sehr vorsichtig sein musste. Angst hatte sie jedoch nicht. Dieses Gefühl war ihr fremd. Deshalb begann sie nun langsam, ganz langsam ihren Körper zu strecken und nach einer Weile konnte sie schon einen Blick in die nähre

Umgebung erhaschen. Das Erste, was sie zu Gesicht bekam, war das nicht weit von ihr entfernte Schneckenhaus von Pierre. Ihr Herz machte einen großen Sprung. Hoffentlich war ihm nichts passiert. „Pierre, geht es dir gut?", flüsterte sie mutig in seine Richtung. Nichts geschah. „He, du blöder Franzose, sag endlich was!", schrie sie jetzt, besorgt und wütend zugleich. Plötzlich hörte sie ein kaum zu vernehmendes Wispern: „Marta, kannst du sehen, wo wir sind?" Große Erleichterung machte sich in der Schneckendame breit. Er war nicht tot!

Vorsichtig sah sie sich um. Sie war in der Nähe einer Menschenbehausung aufgewachsen und kannte sich daher sehr gut dort aus. Den Ort, an dem sie hier waren, nannte man Küche. Marta wusste ganz genau, was hier vor sich ging. Grausige Bilder von zerstückelten Hühnern, geköpften Fischen oder von bis zur Unkenntlichkeit zerkleinerten Schweinen stiegen jetzt in ihr hoch. Lange Zeit war es ihr geglückt, sie zu verdrängen. Allerdings hatte sich auch der betörende Duft von Salatblättern, Petersilie, Basilikum oder von reifem Obst unvergesslich in ihrem Gedächtnis verankert.

Ihr fiel wieder ein, dass es in den Küchen immer eine Stelle gab, an der die Köche alles Essbare sammelten. Sie nannten es wohl Bioabfall. Diesen Ort hoffte Marta zu entdecken, denn da konnten sich die beiden Schnecken gut verstecken. Mit langem Hals spähte sie durch den Raum, dabei war ihr aber immer bewusst, dass sich die Katze hier noch irgendwo aufhalten musste. „Marta, pass auf, hinter dir!", brüllte Pierre. Marta war zwar faul, aber durchaus sehr flink, wenn es darauf ankam. Deshalb konnte sie sich jetzt blitzschnell in ihr Haus zurückziehen.

Als die Katze gerade ihre mit mächtigen Krallen bestückte Pfote auf sie richtete und im Begriff war, zuzuschlagen, wurde die Türe aufgerissen und der Mann von heute Morgen betrat das Zimmer. „Othello, raus aus meiner Küche!", schrie er und gab dem Kater einen Fußtritt. Dieser ergriff mit einem jämmerlichen Aufschrei die Flucht und rannte, hakenschlagend wie ein Hase, davon. Dabei streifte er einen offenen Sack voller Mehl, der prompt umfiel und seinen Inhalt auf dem Küchenboden ergoss. „Mist", dachte Marta, „dieses weiße Zeug ist gar nicht gut für uns. Es saugt unseren Schleim auf. Hoffentlich weiß Pierre das auch." Wagemutig schrie sie in seine Richtung: „Kriech ja nicht über den weißen Staub, er raubt dir deinen Schleim." Während sie das tat, sah sie zu ihrer Freude eine Kiste, die wohl als Behälter für den Bioabfall herhalten musste. „Das ist unsere Rettung. Die wird mit Sicherheit heute noch ausgeleert. Wenn wir es schaffen, bis zu diesem Zeitpunkt da rein zu kriechen, werden wir mit samt dem leckerem Abfall nach draußen getragen und dann sind wir frei", überlegte Marta.

Ohne Umschweife fing sie an, so schnell sie konnte in Richtung Kiste zu kriechen. Gleichzeitig klärte sie Pierre so gut es ging über ihren Plan auf. Durch ihren Enthusiasmus vergaß sie aber, dass ja immer noch der Zweibeiner mitten im Raum stand. Pierre jedoch ließ ihn keine Sekunde aus den Augen. Der Mann war wütend, soviel konnte er erkennen. Das weiße staubige Etwas auf dem Boden kannte er nicht. Aber Marta schien zu wissen, wovon sie sprach. „Gar nicht so ohne, die Schnecke", dachte er. „Aber wie komme ich jetzt zum Bioabfall? Alles ist weiß!" Im selben Augenblick setzte sich der Mensch in Bewegung. Er drehte sich um, nahm einen Eimer und befüllte diesen mit Wasser. Offensichtlich hatte er die beiden Schnecken in dem ganzen Durcheinander nicht bemerkt. Pierre atmete auf. Doch er hatte sich zu früh gefreut. Denn jetzt schritt dieser Riese doch tatsächlich mit dem übervollen Eimer auf sie zu. Mit einer Aushol-bewegung kippte er das Gefäß, sodass sich die Flüssigkeit auf den Boden ergoss. Die Wassermassen erreichten die Schnecken in Bruchteilen von Sekunden und rissen sie zusammen mit dem ausgeschütteten Mehl fort. Völlig mit nassem Mehlbrei bedeckt, blieben sie irgendwann neben-einander liegen. Die beiden wollten schon aufatmen, doch da raste bereits die nächste Gefahr auf sie zu. So etwas hatte Pierre noch nie gesehen. Es war breit und im unteren Teil waren viele bedrohlich wirkende Borsten angebracht. Konnte dieses Ding sie etwa zerdrücken? „Ein Besen, duck dich, zieh dich ganz in dein Haus zurück, schnell", schrie Marta laut.

Wieder wurden sie umhergebeutelt. Pierre hatte Angst zu sterben.

Irgendwann wurde es ruhig. Doch die Stille war trügerisch. Denn jetzt kam dieser Mensch mit einer Kehrschaufel in der Hand zurück. Dass dieses Ding so hieß, wusste Pierre auch von Marta. „Das könnte nicht zum Nachteil für uns sein", meinte sie trocken. „Bleib ganz ruhig liegen. In dem ganzen Matsch kann er uns vielleicht nicht sehen. Menschen sind ja so unaufmerksam", beruhigte sie ihren Freund. Zu seinem Erstaunen hatte sie auch diesmal wieder Recht. Der Zweibeiner kehrte die ganze Bescherung auf eine Schaufel und kippte sie in den - Bioabfall. Die beiden Schnecken konnten es erst gar nicht glauben. Doch sie waren genau dort angelangt, wo sie hin wollten. Sie verkrochen sich schnell unter einem Salatblatt und schnauften erst einmal richtig durch.

„Bist du sicher, dass uns hier keiner entdeckt?" fragte Pierre seine Begleiterin. „Ganz bestimmt, hier sieht niemand mehr rein. Die Menschen mögen es nicht, wenn das für uns so gute Fressen etwas länger liegt, sie ekeln sich richtig davor. Die Kiste wird heute noch nach draußen gebracht. Da bin ich mir sicher." Schließlich schliefen die beiden völlig erschöpft ein.

Es war bereits nach Mitternacht, als Max die Küchentür öffnete. Er ging hinein, setzte sich, legte die Beine auf den Tisch und da sonst niemand hier war, zündete er sich eine Zigarette an. Dieser Tag war sehr kräftezehrend gewesen. Viele Gäste waren zum Brunchen gekommen. Er hatte zwar am Vorabend schon viel vorbereitet gehabt, doch trotz alledem war er sehr in Bedrängnis gekommen, nachdem seine Küchenhilfe ausgefallen war.

Nachmittags war er dann unterwegs gewesen, um neue Lebensmittel zu besorgen und abends meldete sich dann auch noch zu allem Überfluss eine Geburtstagsgesellschaft an. Eigentlich war sein Lokal Donnerstagabend geschlossen, aber der Jubilar versprach ihm, sich mit bereitgestellten Getränken und einem kleinen Imbiss zufrieden zu geben. Da Max etwas bereits überfälliges Fleisch im Kühlschrank lagerte und die Geschmacksnerven betrunkener Männer im Allgemeinen den Unterschied zwischen gutem und überfälligem Fleisch erfahrungsgemäß nicht erkannten, willigte er ein. Das Gulasch daraus war schnell gekocht, doch das Besäufnis zog sich in die Länge. Mit der Verwüstung der Küche setzte sein Kater Othello dann allem noch die Krone auf. Notdürftig hatte Max die Schweinerei bereits beseitigt. Den Rest musste seine Putzfrau morgen erledigen.

„Ist das heiß und stickig hier drin", bemerkte Max nach einer Weile. Er überlegte kurz, stand auf, nahm die Kiste mit dem Bioabfall und ging damit zur Hintertüre. Diese führte direkt in den Garten. Durch das Öffnen derselben entstand nun ein so angenehmer Luftzug, dass Max spontan beschloss, den Behälter erst einmal zum Aufhalten der Türe zu verwenden und ihn erst später auf den Komposthaufen im Garten zu leeren. Deshalb stellte er die Kiste, entgegen seines Vorhabens, so vor die Türe, dass sie offen blieb.

Abgespannt sah sich der Koch im Durcheinander seiner Küche um. Sein Blick fiel auf die, am Vormittag, schnell vom Boden aufgesammelten Pilze, die immer noch mehlverschmiert dalagen. „Das ist jetzt genau das Richtige für mich, um den Tag doch noch gut ausklingen zu lassen." Kurz erinnerte er sich daran, am Morgen auch noch zwei Schnecken gefunden zu haben. Doch er war zu müde, um sie noch zu suchen. „Die kommen morgen sicher wieder zum Vorschein, weit können sie ja nicht sein", überlegte er laut.

Beim Schneiden der Pilze fiel ihm plötzlich wieder ein, dass ja zwei dabei waren, die sich sein Freund anschauen sollte. „Ach, was soll's, bisher waren immer alle gut", beschloss er leichtsinnig. Er nahm die gusseiserne Pfanne vom Haken und entflammte den Gasherd. Eine Stunde später setzte sich Max mit einem herrlich duftenden Pilzragout mit Semmelknödel und einer guten Flasche Wein an den Tisch. Der viele Stress schlug ihm immer auf den Magen, deshalb trank er noch vor dem Essen einen Magenbitter, dann schob er die erste Gabel in den Mund.

„Schmeckt etwas bitter, das ist bestimmt der Schnaps", überlegte Max und aß mit Genuss weiter. Die ersten zwei Weingläser hatte er bereits geleert und das Dritte war schon eingeschenkt. „Irgendwie geht dieser komische Geschmack nicht weg. Habe ich vielleicht die abgelaufene Sahne erwischt", grübelte Max. „Egal, ich habe Hunger." Mit großem Appetit aß er den ganzen Topf Pilzragout leer und trank dazu noch mehr Wein, inzwischen schon die zweite Flasche.

Langsam wurde ihm schwindlig. Er verscheuchte eine lästige Fliege, dann  nahm er das Weinglas, führte es, schon etwas zittrig, zum Mund und trank es leer. Augenblicklich durchfuhr ihn ein betäubender Schmerz. Sein Gaumen, seine Zunge, der gesamte Mundraum fühlte sich taub an. Irgendetwas spürte er im Mund. Er spuckte es aus und verfiel augenblicklich in eine Schockstarre. Es war eine Biene! Das Schlimmste jedoch war die Luftnot. Er konnte nicht mehr atmen. Er bekam einfach keine Luft. Doch das Notfallset lag in seiner Wohnung. Torkelnd lief er durch die Hintertüre nach draußen. „Ich muss in mein Auto, da liegt mein Handy und eine Spritze", ging es ihm panisch durch den Kopf. Bereits jetzt konnte er seine Bewegungen nicht mehr richtig koordinieren.

Marta und Pierre verfolgten in ihrem Versteck das ganze Drama. Der Koch griff sich an den Hals und versuchte zu schreien. Es wurde aber nur ein klägliches Krächzen. Als er dann auf sie zu torkelte, befürchteten sie für einen Augenblick, er könne ihre Zuflucht wieder zurück in die Küche schubsen. Doch er wollte nur nach draußen. Im Hinterhof torkelte er noch eine ganze Weile orientierungslos zwischen Auto, Haus und Komposthaufen hin und her. Dabei riss er sich seine Kochjacke vom Leib, die Hände immer an Brust und Hals, so als wolle er versuchen irgendwie an Luft zu kommen. Nach langem Kampf blieb er dann regungslos vor dem Komposthaufen liegen.

Die ganze Nacht warteten sie in ihrem Versteck ab, ob er nicht doch noch aufstehen würde. Aber nichts geschah. Dann, am frühen Morgen, gab es ein riesiges Durcheinander, mit sehr vielen Menschen, die alle mehr oder weniger aufgeregt hin und her liefen. Die einen untersuchten die Küche auf Spuren, die anderen den toten Koch im Hinterhof. Zwei der Personen standen in der Türe und unterhielten sich so, dass die Schnecken es mit anhören konnten. „Es war wohl das Zusammenspiel von Alkohol, giftigen Pilzen und die allergische Reaktion auf den Bienenstich. Da kommt jede Hilfe zu spät", meinte einer von beiden. „Sie können ihn jetzt mitnehmen."

Bei so vielen Menschen wurde es jetzt auch Marta ein wenig mulmig zumute. „Hoffentlich ist das alles bald vorbei. So viele Leute um mich herum machen mich nervös", jammerte sie in Pierres Richtung. Dieser antwortete sichtlich angespannt nur mit einem Kopfnicken. Als hätte die Person vor ihnen sie sprechen hören, drehte sie sich um und sah zu ihnen in die Kiste. „Na, was seit ihr denn für zwei hübsche Schnecken. Ihr gehört hier aber nicht her. Wartet mal." Mit diesen Worten nahm sie das

Weinbergschneckenpaar in die Hände und trug es quer über den Hof, zum Komposthaufen. „Hier wird es euch gut gehen, und vielleicht gibt es ja bald viele kleine Schnecken." Bevor sie ging, setzte sie das Paar auf ein großes Kürbisblatt ab und säuberte sie noch, so gut es ging, vom Mehl.

Pierre konnte es kaum glauben. Er schaute in Martas etwas verlegen dreinblickendes Gesicht und meinte verschmitzt: „Die haben ja gar keine Ahnung, wie viele Kinder das werden."

# Volpe der Zugspitzfuchs

*- Irene Hülsermann -*

Darf ich mich vorstellen: Ich bin Volpe, der Zugspitzfuchs. Die Menschen sagen immer, dass ich schlau bin. Ob das wirklich stimmt, kann ich nicht beurteilen, aber ich weiß, dass ich es mir hier oben in den Bergen häuslich eingerichtet habe und soll ich Euch einmal verraten warum? Weil es hier so viel zu erleben gibt. Und eines weiß ich auch noch ganz genau: Ich bin tierisch neugierig.

Der Neubau der Eibsee-Seilbahn wird seit langer Zeit auf der Zugspitze gebaut und ich bin immer dabei. Auch wenn ich sehr scheu bin, taste ich mich täglich aus meinem Fuchsbau vorsichtig in Richtung Baustelle und schaue dem Treiben der Arbeiter und Ingenieuren zu. Seit fast zwei Jahren wird nun schon auf knapp 3.000 Metern der nötig gewordene Neubau der Seilbahn gebaut. Die alte war in die Jahre gekommen, so ist das nicht nur bei uns Füchsen. Auch ich spüre an manchen Tagen, dass es nicht mehr so gut läuft. Erst gestern ist mir meine Mahlzeit entwischt.

Aber sehen kann ich noch sehr gut. Gleich nach dem Frühstück, noch bevor die ersten Menschen den Gipfel erklimmen, drehe ich meine Runde, der Blick hinab ins Tal ist einfach einzigartig. Wenn die Sonne aufgeht und sich die letzten Nebelschwaden auflösen, atme ich tief die gesunde Morgenluft ein. Und ich lausche und genieße. Die Stille, hin und wieder das Kreischen der Vögel, den Schrei des Steinadlers oder die leise, raue Stimme der Felsenschwalbe. Nur so kann ich mich für den nächsten anstehenden Tag wappnen.

Und schon geht es los. Die ersten Wanderer erklimmen den Berg und ich muss mich verstecken. Nicht jeder ist mir wohl gesonnen und manch einer hat unbegründet Furcht vor mir. Aber keine Angst, von meinen gut gewählten Verstecken aus habe ich immer noch das ganze Geschehen im Blickfeld. Wenige wissen, dass ich ein Wildhund bin und darum ähnlich belle wie der domestizierte Hund.

Als die ersten Teile für die Baukräne mittels Hubschrauber montiert wurden, war ich live dabei. Das schwerste Teil wog sage und schreibe drei Tonnen! Das Wetter spielt nicht jeden Tag mit. Ein plötzlicher Anstieg der Lufttemperatur und schon werden die Arbeiten abgebrochen. Dann bin ich traurig, denn es ist überaus spannend, dem Treiben zuzusehen. An anderen Tagen möchte ich mich am liebsten in meinem Bau verkriechen, weil Sturm, Schneefälle und eisige Kälte herrschen. Aber genau dann laufen die Arbeiten an der Stahlkonstruktion auf Hochtouren. Zu beneiden sind die Monteure dann nicht. In solchen Momenten bin ich immer froh über mein schönes Winterkleid.

Oft frage ich mich, was zieht die Wanderer hier hinauf. Aber dann schaue ich mich genau um und sehe, was hier so kreucht und fleucht. Die Vegetation ist unglaublich abwechslungsreich. Am besten gefallen mir persönlich ja die Maiglöckchen und der Seidelbast am Eibsee. Der beliebte See auf 1000 Meter Höhe gilt als einer der schönsten der bayrischen Alpen. Kein Wunder, das Wasser leuchtet in herrlichem Türkis. Seinen Namen hat der Eibsee von den Eiben, die früher hier in großer Zahl gewachsen sind. Nun kann man sie nur noch vereinzelt bewundern.

Der See mit seiner Tiefe von 32,5 Metern und 8.800 Metern Umfang beheimatet viele Fische, wie Hechte, Bachforellen, Renken und Karpfen. Mir gefallen am besten die acht Inseln, auch wenn ich sie nur aus der Ferne bewundern kann, denn mit dem Schwimmen habe ich es nicht so. Die Urlaubsgäste haben es da einfacher, die leihen sich einfach ein Ruder- oder Tretboot aus.

An manchen Tagen gönne ich mir einen Spaziergang um den See herum. Das ist Balsam für meine Seele. Dabei halte ich schon Mal Ausschau nach einer neuen Lebensgefährtin. Wir Füchse haben ein ausgeprägtes Sozialleben und einen großen Sinn für den Familienverband. Manchmal fühle ich mich nämlich sehr einsam.

Nun muss ich wieder zur Baustelle, will doch wissen, was die Monteure heute so machen. Auf dem Weg dorthin begegnen mir Freunde und sagen wir mal, weniger freundlich gesinnte. Neugierig beobachtet mich ein Murmeltier und hinter dem Felsen sehe ich zwei Schneehasen huschen. Weiter oben erblicke ich die Gämsen.

Aber ich habe keine Zeit, denn die Bauarbeiter errichten den künftigen Mittelbahnsteig der neuen Seilbahn. Und das will ich unbedingt sehen. Die

Besucher kamen trotz des Neubaus mit der Zahnradbahn auf die Zugspitze und auch die Bergsteiger mussten nicht auf das herrliche Panorama von oben verzichten. Apropos Panorama: Von der Seilbahn aus hat der Besucher einen atemberaubenden Blick auf den Eibsee.

Nach 54 Jahren wurden nun die Gäste zum letzten Mal mit der Eibsee-Seilbahn auf Deutschlands höchsten Berg gebracht. Aber schon Ende des Jahres wird die neue Seilbahn in Betrieb gehen und die gespannten Besucher auf die Zugspitze bringen.

Langsam wird es ruhig auf dem Berg und ich beobachte die Bergeidechsen und Alpensalamander, bevor die Sonne untergeht und ich müde, aber sehr zufrieden meinen Fuchsbau aufsuche. Während ich einschlafe, überlege ich noch, ob es ein glücklicheres Lebewesen als mich gibt. Mir fällt keines ein. Oder kennen Sie jemanden?

# Neues aus dem Haifischbecken

*- Kerstin Jähne -*

„Müssen Haie Zähne putzen?" Mit großen runden Augen schaut die Kleine zu ihrer Mama auf. Die ist sichtlich irritiert. Genau wie ich. Jetzt hat also nicht nur das Mädchen – es mag vielleicht vier oder fünf Jahre alt sein – ein Fragezeichen auf der Stirn, sondern wir alle hier auf diesem Spielplatz.

„Haie haben ein Revolvergebiss!", hallt es laut von irgendwo da drüben. Woher genau kann ich gar nicht sagen. Doch plötzlich taucht sie auf. Eine Frau mit kurzen roten Haaren, bekleidet mit Turnschuhen und Jeans, die bis zur Wade reichen, steuert auf uns zu. Über ihren üppigen Vorbau spannt sich ein schwarzes Shirt mit gelbem Schriftzug. Was exakt darauf steht, kann ich auf die Schnelle nicht entziffern. Auf jeden Fall spielt so etwas wie ‚Bier' eine Rolle. Sie mag um die 40 sein, ist einschüchternd groß, korpulent und vor allem laut. Jetzt kommt sie direkt auf uns zu. Mit jedem Schritt scheint sie noch ein bisschen mehr zu wachsen, bis sie abrupt stoppt und wiederholt: „Haie haben ein Revolvergebiss." (Nun, das haben wir doch gehört!) Während ich mich hilfesuchend umschaue, rattert ihre blecherne Stimme weiter: „Ein Revolvergebiss." (Zum Dritten!) „Dort sind knapp eine halbe Million Zähne angelegt. Fällt einer raus, wächst ein anderer nach." Mein Gott, wie sie das sagt! Schon allein der Tonfall würde jeden Zweifel in die Flucht schlagen. Aber zugegeben, die Frau hat auch Fakten. Woher auch immer sie diese bezieht? Sie muss ja nicht gleich Meeresbiologin sein. Vielleicht kam auch gerade die Sendung mit der Maus? Auf jeden Fall wirken wir Mamas neben ihr in diesem Moment – nun sagen wir mal – etwas uninformiert.

Jetzt ballern die Worte nur so aus ihrem Mund: „Bam, bam, bam". Jede Silbe ist ein Treffer. Sie holt kaum noch Luft und schießt ungebremst weiter: „Ein Hai verliert schnell einen Zahn, zum Beispiel auf der Jagd nach Delphinen oder Robben." (O je, die armen Robbenbabys!) Bitte jetzt keine blutrünstigen Geschichten! Sie geht weiter ins Detail, sodass ich den weißen Hai schon direkt vor mir sehe. Ich denke an alle Sharks dieser Welt, an Filme wie ‚Open water' oder ‚The Reef'. Wie heißt es da? „Schwimm um dein Leben!" Das will ich ja. Ich möchte auch sagen: „Hallo, bitte nicht weiter sprechen. Wir haben hier Kinder dabei!" Aber ich kann nicht! Unterdessen teilt die Rubensfrau weiter kräftig aus. Ihre Worte dröhnen in meinem Ohr, bis sie im Rauschen untergehen. „… dann braucht er sofort einen neuen Zahn", höre ich dumpf, als ob ich unter Wasser wäre. Ich sehe Zähne, natürlich Haifischzähne, die als krumme Zacken in breiten Abständen aus dem Kiefer ragen.

So jedenfalls war das bei dem Sandtigerhai, den ich mal im Aquarium beobachtet habe. Er war auch groß – vielleicht zwei Meter lang – und etwas rundlich. Aber er wirkte friedfertig, wie er da völlig unbeirrt mit gleichförmigem Flossenschlag seine Runden drehte. Inmitten der anderen Fische! Doch das waren Laborbedingungen. Die Realität ist jetzt, ist diese Frau, die mit ihrem Redeschwall ganze Städte unter Wasser setzen könnte.

Mit arrogantem Grinsen führt sie die Belehrung fort. Ihre großen, elfenbeinfarbenen Zähne sind jetzt gut zu sehen und für mein Gefühl da vorne ein wenig zu spitz … Die Frau im schwarzen Shirt kennt einfach keine Gnade und berichtet weiter von den Haien und deren ganz natürlichem Zahnausfall. So wie XXL-Arielle schaut, werden wir wohl nie verstehen, was wirklich im Haifischbecken abgeht. Aber mir ist zumindest inzwischen wieder einge-fallen, dass es für die Maulhygiene manchmal sogenannte Putzerfische gibt.

Ob das ein Trost ist für die Kleine, die nun unentwegt am Daumen nuckelt? So verschämt, wie sie zu Boden schaut, hätte sie wohl am liebsten nie gefragt. Mama und Kind treten als erste den Rückzug an. Und während die Mutter ihr Töch-terchen kopfschüttelnd an die Hand nimmt, höre ich ein zartes Flüstern: „Müssen die Haie denn nun Zähne putzen?" Für die entnervte Mama gibt es da nur eine Antwort:

„Darüber reden wir zu Hause."

# Halterwechsel

*- Ulrike Karg -*

Gestatten, dass ich mich vorstelle: Mein Name ist Schneewittchen, ich bin eine Hauskatze im gesetzten Alter und habe vor zwölf Jahren mit Annette eine Zweier-WG gegründet. Nun erzähle ich Euch eine Geschichte, die mein geruhsames Leben maßgeblich verändert hat.

Es ist Sonntag, der 29. Januar. Irgendetwas liegt in der Luft. Ich spüre, heute wird noch etwas Außergewöhnliches passieren. Hat es vielleicht mit dem Anruf am Vormittag zu tun? Annette redete ihren Gesprächspartner mit Sie an, schien ihn wohl nicht zu kennen, notierte sich etwas und beendete das Telefonat mit:

„Dann bis morgen, Herr Braun, zehn Uhr hier."

Aha, also wird jemand zu uns kommen. Wozu? Ich lass mich überraschen.

Vor einigen Tagen traf ein Brief ein, der Annette sehr aufgeregt hat. Sie saß am Küchentisch, las das Schreiben, schaute aus dem Fenster ins Leere, dann folgten ihre Augen nochmals den sauber auf einen Firmenbogen gedruckten Buchstaben, wie wenn sie den Sinn nicht begreifen würde oder wollte. Dann ließ sie schließlich das Schriftstück auf den Schoß sinken. Ihr Blick verriet nichts Gutes. Sie überlegte lange. War sie traurig? Ich dachte mir, jetzt muss sie getröstet werden und drückte mich ganz fest an ihre Beine. Ganz automatisch streichelte sie unbewusst über mein Fell, ohne wirklich an mich zu denken. Allerhand! Da half nur noch laut schnurren, was das Zeug hielt. Das tat es wirklich, denn sie schaute mich nun nachdenklich an und sagte:

„Weißt du, Schneewittchen, demnächst wird sich so manches ändern!"

Mit großen Pupillen sah ich sie fragend an. „Was?", wollte ich wissen.

Doch mehr sagte sie zunächst nicht.

In den darauf folgenden Tagen saß Annette mehr als sonst am PC. Ich sprang auf den Schreibtisch, neugierig, wie ich bin. Eine Rubrik der Tageszeitung durchstöberte sie äußerst gewissenhaft mit gelbem Textmarker und schnitt auch manchmal etwas aus. Sie studierte die Seiten, auf denen ich Fotos von Häusern und Wohnungen erkennen konnte.

„Mist! Zu gern würde ich lesen können! In meinem nächsten Leben will ich das lernen, unbedingt! Hab ja noch nicht alle neun verbraucht", dachte ich bei mir.

Nach dem sonntäglichen Mittagessen setzt sich meine Annette zu mir, streicht mir übers Fell und wird ganz andächtig. Beruhigend fängt sie an zu sprechen:

„Mein liebes Schneewittchen. Ich muss dir jetzt etwas Wichtiges sagen. Es ist so: Diese Wohnung wird verkauft, und wir können hier nicht bleiben. Ich hab mir schon einige Objekte angesehen, aber kein Vermieter will Haustiere erlauben, auch nicht eine liebe Katze wie dich. Das tut mir sehr leid. Es gibt nun zwei Möglichkeiten: Tierheim, oder wir finden einen neuen Platz für dich."

Annette macht eine Pause und streicht mir sanft

übers Köpfchen. Sehe ich da Tränen in ihren Augen glitzern?

„Ich weiß vielleicht schon jemanden und bringe dich später zu den Müllers. Das ist ein sehr nettes älteres Ehepaar und wohnt ein paar Straßen weiter. Vor zwei Wochen hab ich Frau Müller auf dem Bauernmarkt getroffen und sie gefragt, wie es denn so geht. Sie hat mir erzählt, dass ihre Katze Lilly am 29. September vorigen Jahres von einem Motorrad angefahren wurde. Das hat sie nicht überlebt und starb in ihren Armen, stell dir das mal vor! Lilly fehlt den beiden so sehr. Ihr Mann hat seine Lebensfreude verloren. Frau Müller meint, eine neue Mieze würde ihm wirklich guttun. Er jedoch will keine Katze mehr, nur, wenn Lilly ihnen eine schicken könnte. Die würde er akzeptieren. Da hab ich ihr von dir und meiner Situation erzählt. Dass du eine liebe, zwölf Jahre alte Wohnungskatze bist, einen Platz bräuchtest und nicht ins Heim sollst. Dort wäre deine Chance auf eine neue Familie gleich null. Aber bei den Müllers hättest du es bestimmt recht gut. Also, wenn du es jetzt richtig anstellst und das Herz von Herrn Müller gewinnen kannst, darfst du vielleicht dort bleiben. Wir gehen nachher mal rüber und klingeln."

Jetzt weiß ich endlich, was los ist. Na prima! In meinem Alter nochmal umziehen, das hat mir gerade noch gefehlt! An Annette bin ich jahrelang gewöhnt. Aber es hilft ja nichts. Alles besser als Tierheim. Von dort hört man ja wirklich nichts Gutes. Gestank und

Lärm von ängstlich kläffenden Hunden. In den Katzenzimmern zu viele Tiere auf engstem Raum, Revierstreitigkeiten, Mobbing. Das brauch ich in meinem Alter wirklich nicht mehr. Außerdem holen sich die Menschen ja lieber ein Katzenbaby als eine betagte Mieze wie mich.

Annette kommt mit meiner Transportbox aus dem Keller.

„Wie ich dieses Ding hasse!", miaue ich protestierend vor mich hin.

Meistens geht es damit zum Tierarzt. Autofahren mit Motorengeräusch, Wackeln und Brummen ist mir ein Graus. Da nützt aber kein Jammern. Auch diesmal muss ich mich mit Widerwillen in diese Kiste zwängen lassen. Wenigstens bleibt mir das Autofahren erspart.

Annette redet mir auf dem Weg gut zu, wie ich mich bei Familie Müller zu präsentieren hätte. Ich soll in jedem Fall eine ‚bella figura' machen.

„Das weiß ich doch selbst", maunze ich vor mich hin. „Und dass ich schön bin natürlich auch, mit meinem weichen weißen Fell und ein paar schwarz getigerten Flecken, wie von einem Designer gemalt. Schließlich verbringe ich mehrere Stunden des Tages mit Körperpflege! Das bin ich mir wert, und das sieht man auch! Annette muss mir nicht sagen, dass ich eine ‚bella figura' zu machen habe. Mein Großvater war nun mal ein berühmter römischer Straßenkater namens Romeo! Eine Urlauberfamilie hatte ihn damals wegen seiner Schönheit mit nach

Bayern genommen. Auf diesen Vorfahren bin ich stolz und trage italienisches Blut in mir. Also, noch Fragen? Und überhaupt, wir Katzen geben doch den Zweibeinern immer wieder Rätsel auf, obwohl sie meinen, uns zu kennen. Es ist aber genau umgekehrt. Meine Katzenmama hat mir über die Körpersprache der Menschen ganz viel beigebracht", stellte ich für mich fest.

"Der allererste Eindruck zählt, Schneewittchen!", hat mir Lilly noch auf dem Weg eingeflüstert. „Ich drück dir die Pfoten, dass es klappt!"

„Danke, Lilly, ich tu mein Bestes."

Wenige Minuten später klingelt Annette bei den Müllers. Ich höre den Türsummer. Es geht rauf in den zweiten Stock. In jeder Etage riecht es anders, unten nach Waschküche, im Ersten nach Kuchen, im Zweiten nach allerfeinstem Mittagessen. Oben an der Wohnungstür steht schon Frau Müller und bittet uns herein. Ich schnuppere erst mal und stelle fest, es duftet angenehm. Meine feine Nase meldet eine frische Bergamotte-Note. Nach der Begrüßung werden wir gleich ins Wohnzimmer geführt. Dort öffnet Annette das Gitter meiner Box. Vorsichtig lasse ich meinen Blick schweifen und erfasse blitzschnell die neue Umgebung. Herr Müller sitzt auf dem Sofa und sieht mich interessiert an und – er lächelt. So ermutigt setze ich meine pedikürten Pfoten auf den weichen Teppichboden, schreite mit senkrecht erhobenem Schwanz langsam auf ihn zu und schmiege mich an seine Beine. Sofort greift seine Hand nach mir und streicht mir ganz vorsichtig über den Rücken. Leise mache ich Miau, und gleich noch einmal, diesmal lauter.

„Du bist ja eine Schöne. Und so lieb!", sagt er und schaut seine Frau Maria an. Sie bückt sich zu mir runter und krault mich ausgiebig. Besonders am Hals mag ich das gerne. Woher sie das wohl weiß? Ich schnurre, so laut ich kann. Und ich bin mir sicher, ich werde ihnen gefallen mit meinem flauschigen weißen Fell und den interessanten schwarz getigerten Flecken. Von meiner Seite aus habe ich die beiden schon adoptiert!

„Darf ich vorstellen: Das ist Schneewittchen.", erklärt Annette.

„Der Name passt sehr gut zu ihr. Ein Espresso vielleicht für Sie?", fragt sie Frau Müller.

„Ja, gerne!"

Ich sehe mich im Raum um und prüfe meine voraussichtlich zukünftige Residenz auf Herz und Nieren. Hier würde es mir schon gefallen! Sofa, Eckbank, viele Liegeplätze und sogar ein kleiner Kratzbaum, stammt wohl noch von Lilly. Die eine Fensterbank steht voller Orchideen, die andere ist frei von Zimmerpflanzen, genauer gesagt, mit einem Handtuch belegt und Katzenspielsachen darauf, mein neuer Lieblingsplatz mit Panorama!

Lilly wohnt ja seit genau vier Monaten im Katzenhimmel auf einer besonders weichen Wolke. Auf dem Weg zu den Müllers hat sie mir erzählt, dass sie nach einer Mieze für ihre Menschen

Ausschau gehalten hat, weil es denen nach ihrem Tod so schlecht ging. Da ist sie auf meine Situation aufmerksam geworden. Sie hat mir genau erklärt, wie die Müllers so sind, wie es da aussieht. Sie hat nicht übertrieben, stimmt alles, und lieb sind beide zu mir sofort gewesen!

Oh, ich vernehme ein unbekanntes Geräusch. Es kommt aus der Küche. Ich werfe vorsichtig einen Blick hinein. Auf dem Kochfeld steht eine kleine Metallkanne. Sie blubbert und stößt Dampfwolken aus. Es riecht aromatisch nach frisch gebrühtem Kaffee, klingt aber anders als bei Annette daheim. Macht nichts. Das Geräusch werde ich mir mal merken.

Annette geht es ziemlich schlecht, das spüre ich und drücke mich fest an ihre Beine. Sie erzählt den Müllers von mir und lobt mich in den allerhöchsten Tönen. Bin echt beeindruckt!

„Darf Schneewittchen bleiben?"

Das ist nun die alles entscheidende Frage. Ich schaue auffordernd von einem zum anderen.

„Natürlich. So eine liebe Miezi kann man nicht ins Tierheim geben", antwortet Herr Müller.

„Na prima, hat doch geklappt mit meiner ‚bella figura'!", sage ich zu mir erleichtert, dass mir das Tierheim erspart bleibt.

„Bei uns wird sie es gut haben! Es ist doch auch kein Zufall, dass Sie uns Schneewittchen auf den Tag genau vier Monate nach Lillys Unfall bringen? Das hat bestimmt unsere verstorbene Mieze eingefädelt. Da bin ich mir sicher!", bemerkt Frau Müller mit einem dankbaren Blick nach oben. „Sie wusste genau, dass mein Mann nach ihrem Tod keine Katze mehr wollte. Außer, sie schickt uns eine, hatte er gesagt. Der Verlust saß zu tief und die Trauer brach ihm fast das Herz. Aber jetzt hat es Schneewittchen geschafft, seine Seele zu berühren. Wir werden uns gut um Ihre Katze kümmern, keine Sorge!"

„Dann bringe ich ihre persönlichen Sachen gleich vorbei. So bis in einer halben Stunde?"

„Ja, gerne." Frau Müller begleitet Annette zur Tür.

Nun beginnt ein neues Kapitel im Buch meines Lebens. Es wird nochmal spannend.

Ich darf die Räume der Wohnung in aller Ruhe inspizieren und präge mir alles ganz genau ein. Mein neues Personal lässt mich gewähren.

Es klingelt wenig später. Annette kommt mit meinen Habseligkeiten. Damit scheint es hier endgültig mein neues Zuhause zu werden. Katzenklo und Streu bekommen ihren Platz im Badezimmer. Das restliche Trockenfutter und die Schüsselchen hat sie auch mitgebracht, sowie das Ringbuch mit den Unterlagen, also Impfpass und Registrierung bei TASSO. Die Frauen sprechen noch miteinander über meine Gewohnheiten, was ich mag und was nicht, während ich schon mal die Toilette benutze. Sie sollen gleich sehen, wie gut ich mich schon auskenne, und dass ich Stil und Anstand habe. Nach geraumer Zeit verabschiedet sich Annette schweren Herzens und verdrückt ein paar Tränen.

„Servus, liebes Schneewittchen, mach mir keine Schande. Dass da keine Klagen kommen!", sagt sie im Gehen, schaut mich nochmal eindringlich an und verschwindet schniefend im Treppenhaus.

„So, Schneewittchen, jetzt richten wir mal deinen Futterplatz ein." Frau Müller stellt ein Tablett auf den Boden, darauf meine Trockennahrung und eine Schale gefiltertes Wasser. Welch ein Luxus! Ich probiere gleich davon. Fein! Als nächstes werde ich mal die verschiedenen Liegeplätze aufsuchen. Vom Fensterbrett im Wohnzimmer hat man die allerbeste Sicht nach draußen.

„Wohne ja jetzt im zweiten Stock! Höher als bei Annette", stelle ich zufrieden fest.

Ich erkenne unten einen Parkplatz und rundum Gärten mit unzähligen Bäumen. Das wird spannend mit den vielen Vögeln, die dort ihre Nester haben. Für Zeitvertreib ist also gesorgt.

„Was kann ich denn noch ausprobieren?", überlege ich.

Herr Müller legt mir sogleich eine weiche Decke auf seinen Bürostuhl, als er sieht, dass ich dort hinaufspringen will.

„Das nenne ich Service!" Dafür schicke ich ihm ein unüberhörbares Danke-Schnurren. Die große Lautsprecherbox gefällt mir auch als Ruhestätte, natürlich nur, solange der Verstärker ausgeschaltet bleibt.

Mein Resümee: Schon mal nicht schlecht hier!

In der Zwischenzeit studiert Frau Müller meine schriftlichen Unterlagen im Ringbuch.

„Zu unserem Tierarzt werde ich mit ihr gehen müssen, Hubert", ruft Maria ihrem Mann zu. „Die letzten Impfungen liegen schon viel zu lange zurück. Er soll unsere Miezi gründlich untersuchen. Ich will wissen, wie es um ihre Gesundheit steht. Vielleicht ist ja in ihrem Alter etwas zu beachten, was wir nicht wissen?"

„Ja, das halte ich für angebracht. Zunächst soll sie sich aber ein paar Tage bei uns eingewöhnen.", meint Herr Müller.

Das mit dem Tierarzt passt mir gar nicht. Dann muss ich wieder in die verhasste Box. Wird sich aber nicht vermeiden lassen.

Meine neue „Mama" setzt sich nun an den PC und ruft die Seite von TASSO e.V. auf.

Sie studiert das Haustierregister und meldet den Halterwechsel mit den tätowierten Nummern in meinen Ohren.

„Ja, auch ich trage Tattoos!", möchte ich mal so nebenbei bemerkt haben.

„Die Meldung vom Halterwechsel wird uns die nächsten Tage schriftlich bestätigt", erklärt Maria ihrem Mann, der mich immer noch sehr vorsichtig streichelt.

„Halterwechsel, wie wenn man mich halten müsste. Schon eine selten blöde Bezeichnung!". denke ich empört bei mir.

Ich residiere nun hier bei den Müllers und werde sie mir schon so erziehen, wie ich sie haben will. Zunächst lasse ich es mir gut ergehen und erzähle Euch vielleicht in einer anderen Geschichte über mein neues Leben.

Euer Schneewittchen.

# Die drei Musketiere

*- Harald Metz -*

Wir waren im Jahre 1987 gerade dabei, uns in unserem neuen Reihenhaus in Unterschleißheim einzurichten. Die Malerarbeiten waren fertig geworden und der Umzug sollte in Kürze erfolgen, als ein getigerter Kater mit weißer Brust und weißen Pfoten schnurrend um meine Ehefrau Christa herumschlich und dann auf die noch offene Haustüre unseres Hauses zusteuerte. Im kleinen Flur blieb er vor der dortigen Glastüre stehen, drehte sich um und mauzte ziemlich fordernd. Christa war verdutzt und öffnete ihm die Türe und ließ ihn ins noch leerstehende Gebäude. Schnurstracks begab sich der Kater in den Keller und Christa folgte ihm. Er sah sich dort unten in den Räumen um und es ging in dem Split-Level-Haus von Zimmer zu Zimmer bis ganz nach oben. Wo eine Türe nicht offen stand und Christa nicht schnell genug nachkam, um sie zu öffnen, sprang der Stubentiger einfach auf die Türklinke und schon erledigte er das selbst. Nachdem der Kater das komplette Haus ‚besichtigt' hatte, verschwand er wieder nach draußen, nicht ohne nochmals schnurrend um die Füße meiner Frau zu streichen. Christa, die Katzen liebt, stand in diesem Fall nun doch etwas verdattert da und wusste nicht, wie ihr geschah. Abends erzählte sie mir die Story und ich musste lachen.

Am nächsten Tag, als wir wieder zum Haus kamen, stand der Kater auch wieder da und begrüßte uns beide. Da wir zu diesem Zeitpunkt noch nicht wussten, wem er gehörte, ließen wir es auch in der folgenden Zeit dabei, ihn nur zu begrüßen. Er durfte durchs Haus streunen, wo er sich schon mal das eine oder andere Plätzchen als Schlafplatz auserkor. Dies hatte zwangsläufig zur Folge, dass wir immer aufpassen mussten, wenn wir abends das Haus verließen, um zur Wohnung zurückzukehren, dass wir den Kater nicht versehentlich einsperrten.

Der Kater bedankte sich auf seine Art für unser Entgegenkommen und unsere Freundschaft: Fast jeden Tag lagen jetzt Mäuse vor der Türe ‚als Geschenk‘ einmal sogar fünf Stück, schön nebeneinander aufgereiht, wie bei den Jägern die Strecke.

Ein Nachbarskater, Ossi, der das spitz bekam, wollte sich an dem ‚Gabentisch‘ bedienen, doch das hatte unser Freund mitbekommen und Ossi bezog eine gehörige Tracht Prügel.

Als wir dann ins Haus eingezogen waren und die Nachbarn langsam kennen lernten, erfuhren wir bald, wohin der Kater gehörte und bekamen schnell mit den Besitzern Kontakt. Diese klärten uns dann auf, dass der Kater Willy gerufen wurde. Er hatte sogar einen eigenen Pass und in diesem stand: William Shirkan.

Obwohl wir Willy nie Futter oder Leckerlies gaben, kam er fast täglich und blieb bei uns. Eines Tages fragten uns seine Besitzer, ob wir den Kater nicht übernehmen wollten, da er sich ja sowieso nur noch nachts bei ihnen blicken ließe und morgens sofort wieder verschwinde. Dies hatte wohl auch damit zu tun, dass er sich mit seiner Schwester, der

Katze Besune, immer wieder mal ‚schlägerte'. Trotz seiner Katzenallergie kam unser Sohnes Martin mit Willy komischerweise prima klar, wahrscheinlich, da Willy sehr kurze Haare hatte. Wir sprachen auch mit dem Kinderarzt und der meinte, wenn das in der bisherigen Form schon funktioniert hat, dann sollte man das auch machen, denn es bringt wenig, allem aus dem Wege gehen zu wollen.

Der Kontakt mit der Katze könnte, auf Dauer, sogar eine Besserung bewirken. Also sagten wir den Besitzern von Willy zu, baten Sie aber, den Kater erst offiziell zum 10. Geburtstag unseres Sohnes an uns zu übergeben. Dies geschah dann in der Form, dass Willy mit einem roten Schleifchen um den Hals an Martin übergeben wurde, dazu noch die entsprechenden Dokumente wie Pass und Impfbuch.

Ab sofort gehörte Willy also zu unserer Familie und bekam jetzt auch sein Futter etc. von uns. Martin war überglücklich. So gewöhnten wir uns sehr schnell an den quirligen Kater, wenn wir auch noch das eine oder andere in Bezug auf ihn lernen mussten. Er war sauber, ging aber am liebsten raus in den Garten, dorthin, wo lockere Erde war. So achteten wir dann immer darauf, dass er diese auch immer vorfand. Allerdings führte das im Winter zu Problemen, vor allem, wenn die Erde gefroren und das Scharren für ihn unmöglich geworden war. An solchen Tagen kam er maulend reingestürmt, flitzte die Kellertreppe runter, wo unten am Absatz seine Kiste stand und er schimpfte fürchterlich. Zwar machte er dann in die Kiste, aber man hätte dabei glauben können, dass er jeden Moment beim Scharren diese Kiste zerlegen würde.

Für Martin war Willy so etwas wie sein Therapeut, denn wenn unser Sohn von uns mal geschimpft wurde oder ihm sonst irgendwie etwas auf der Seele lag bzw. ihn beschäftigte, dann verzog er sich mit Willy auf sein Zimmer und erzählte ihm sein Leid. Der Kater blieb dann auch ruhig bei Martin liegen und hörte sich alles geduldig an.

Zu Hunden hatte Willy so seine eigene Einstellung, war er, noch vor unseren Vorbesitzern, mit einem kleinen ‚Westentaschenhund' von der Rasse Yorkshire-Terrier aufgewachsen. Dabei trieb er es sogar so weit, dass er mit diesem immer wieder mal Gassi ging, und zwar so, dass der Hund eines Tages nicht mehr nach Hause fand, da Willy ihn wohl ausgetrickst hatte. Jetzt musste er sich nur noch mit seiner Schwester ‚rumärgern'.

Mit dem Nachbarhund rechts neben uns, einem Highland-Terrier, vertrug er sich bestens. Die beiden liefen immer wieder, jeder auf seiner Seite, den Zaun entlang und wieder zurück. Der Hund, eigentlich eine Hündin mit dem Namen Biene, grub dann eine Mulde, schaute Willy an und kläffte auffordernd, woraufhin Willy über den Zaun sprang und in der Mulde ‚probeliegen' machte. Seine Art zu mauzen muss wohl Biene als ‚nicht passend' interpretiert haben, zudem auch Willy sehr schnell über den Zaun zurücksprang. Daraufhin grub Biene wieder weiter an der Mulde. Und das Spiel fing wieder von vorne an, so an die dreimal. Als Willy dann länger liegen blieb und nicht mehr gleich zurücksprang, waren beide zufrieden.

Anders sah das mit dem Hund der Nachbarin links von uns aus. Ein Yorkshire-Terrier, der Gretchen gerufen wurde, die gleiche Rasse wie der ‚Westentaschenhund‘, den Willy schon mal in die Wüste geschickt hatte. Er ignorierte Gretchen einfach. Die allerdings meinte, mit aller Gewalt auf sich aufmerksam machen zu müssen, und bellte ununterbrochen, immer wenn sie Willy sah. Eines Tages aber war sie zu aufdringlich und erlaubte sich sogar, ihre Schnauze durch den Maschendrahtzaun zu stecken, nur ein paar Zentimeter von Willy entfernt. Gretchen hatte wohl noch nichts von ‚Katzenkarate‘ gehört: Eine schnelle Drehbewegung, Krallen dabei ausgefahren und ein schneller, kurzer Hieb mitten auf Gretchens Schnauze. Die Hündin machte einen Riesensatz rückwärts und fing jämmerlich an zu winseln und flüchtete wie von der Tarantel gestochen ins Haus. Für Willy war das Thema damit geklärt, und siehe da, auch für Gretchen. Sie ging Willy ab diesem Moment aus dem Weg oder schlich sich ganz leise durch ihren Teil des Gartens, sobald unser Kater draußen war.

Den Rauhaardackel Benny von Christas Freundin Christiane mochte Willy nicht. Dieser ging zudem äußerst aggressiv auf jede Katze los. Wenn Christiane uns besuchte, wurde der Hund deshalb in der Regel in die Gästetoilette eingesperrt oder Willy ausgesperrt, also nicht ins Haus gelassen. Da er allerdings schlau genug war, zu wissen, dass man ins Haus nicht nur hinten durch die Terrassentüre gelangen konnte, sondern auch vorne durch die Haustüre, blieb es nicht aus, als Christiane eines Tages sich wieder verabschiedete, dass der Hund die Katze wohl schon gewittert hatte. Dummerweise hatte sie die Haustüre schon geöffnet und wollte Benny gerade an die Leine nehmen. Doch daraus wurde nichts: Der Hund lief, wie vom Blitz getroffen, nach draußen und versuchte, Willy zu fassen. Doch da hatte der Rauhaardackel die Rechnung ohne den Wirt gemacht: Willy lief zuerst um den Telefonverteilerkasten, welcher vor dem Haus stand, herum und der Dackel sofort hinterher. Nach drei Runden sprang Willy auf den Kasten ohne, dass Benny dies bemerkte, denn der lief weiter, wie verrückt um den Kasten. Und Willy? Der saß oben auf dem Kasten und machte ein Gesicht, als wollte er sagen: „Mann, ist der Hund blöd".

Menschen behandelte er durchaus sehr unterschiedlich. So hatte Stefan, ein Freund unseres Sohnes Martin, die Angewohnheit, während er bei ihm im Zimmer saß, wo die Jungs sich unterhielten oder spielten, immer einen Arm einfach so herunter baumeln zu lassen. Dies wiederum nutzte Willy dann regelmäßig dazu, sich an diesem Arm festzubeißen.

Auch unser Sohn bekam trotz seiner Freundschaft

zu Willy da schon mal sein Fett weg, wenn auch auf andere Art. Martin hatte die Angewohnheit, wenn er für seine Hobbys oder für die Schule irgendwelche Dokumente sortierte, dies in seinem Zimmer auf dem Boden zu tun. Das ging solange gut, solange er selbst im Zimmer war. Kam jedoch Willy ins Zimmer und Martin war nicht anwesend, dann begann die Schlacht mit dem Papier, das man so schön zerfetzen und durcheinanderbringen konnte. Eine wahre Freude. Martin gewöhnte es sich dann schnell ab, den Fußboden weiterhin als Schreibtischfläche zu benutzen. Papier und Karton waren einfach seine Leidenschaft. Kam irgendeine Sendung mit einem Karton, der etwas größer war als der Kater selbst, und wurde der Inhalt entnommen, saß prompt Willy im Karton und verteidigte ihn vehement. Das war einfach ein tolles Spiel für ihn.

Nun würde man denken, dass so eine umtriebige Katze sicherlich keine andere, schon gar nicht einen anderen Kater an sich heranlassen würde. Weit gefehlt!

Wir saßen im Sommer auf der Terrasse beim Kaffee und Willy mauzte uns an, bis wir kapierten, dass wir sein Fressen auch nach draußen stellen sollten. Wir kannten das von ihm, wenn Igel unterwegs waren, denn diesen Kerlchen gegenüber verhielt sich unser Kater sehr sozial, obwohl er beim allerersten Kontakt vorsichtig das „Fell" eines solchen Subjekts berühren wollte und schnell merkte, dass dies keine gute Idee war. Er zuckte mit seiner Pfote sehr schnell zurück. Doch in der Regel kam es eigentlich erst, wenn es dunkel wurde, zum Futter betteln für die Igel und nicht am helllichten Tag. Er probierte das Futter kurz und verschwand dann schnurrend. Als wir wieder nach drinnen gingen, sahen wir durch die Terrassentür, dass sich unser Kater relativ weit weg vom Fressnapf und relativ nah zur Terrassentür hin positionierte, wie ein Wachhund. Dann sahen wir, dass aus der Ecke des Gartenhäuschens eine grau melierte, getigerte Katze kam, mit einem Gesicht, das eher einem kleinen Löwen als einer Katze gleich sah. Wir dachten schon: Jetzt gibt es richtig Ärger! Aber nein: Willy saß da, weiterhin wie ein Wachhund und ließ die fremde Katze an seinen Futternapf und und ließ sie fressen. Als die fremde Katze wieder weg war, verließ auch Willy seinen Posten.

Die fremde Katze wurde mit der Zeit immer zutraulicher und kam dann auch ins Haus, wo wir ihr im Hobbyraum eine Kuschelecke einrichteten. Wir ließen sie von unserer Tierärztin untersuchen und fragten, ob jemand eine Katze vermisse, was sie verneinte. Willy hatte inzwischen sein Verhalten etwas verändert. Er akzeptierte zwar, dass der fremde Kater im Haus war, aber der musste nun sein Fressen separat im Hobbyraum bekommen und es musste, am Treppenabsatz, ein zweites Kistchen aufgestellt werde. Er wachte auch sehr darüber, dass der Kater im Hobbyraum blieb.

Wir überlegten nun, was wir mit dem Kater

machen sollten. Ins Tierheim, das erschien uns nicht so der Hit. Bei uns bleiben? Zwei Kater? Da fiel uns ein, dass zwei Häuser weiter die Nachbarin schon damals bei Willy geäußert hatte, dass sie den auch genommen hätte. Wir fragten die Nachbarin, ob sie an dem Kater interessiert sei. Sie sagte sofort zu. Ich fing den Kater ein und trug ihn zu ihr rüber, die Aktion kostete mich dabei ein Hemd und einiges an Wundsalbe. Die Nachbarin schaffte es jedoch, das Vertrauen des Tieres zu erlangen, und nannte ihn Schurrli. Als er dann nach seiner Eingewöhnungszeit auch nach draußen durfte, geschah etwas Eigenartiges: Schurrli kam immer wieder uns besuchen, und Willy war damit einverstanden. Unser Kater hatte wohl verstanden, dass Schurrli nur zu Besuch kam und jetzt woanders wohnte. Es dauerte nicht lange, und unser Willy besuchte Schurrli ebenfalls in dessen neuem Heim. Ab da steckten die beiden praktisch jeden Tag unter einer Decke, meist spielte sich das dann bei uns ab. Hin und wieder aber eben auch bei der besagten Nachbarin.

Manchmal war Schurrli sogar so penetrant, dass man ihn vorne zur Haustüre raus nach Hause schickte, er aber treu und brav hinten über die Terrassenseite wieder zurückkam. Wohlgemerkt eine Reihenhausanlage, die er umrunden musste. Diese Aktionen fanden meist dann statt, wenn er sich bei sich zu Hause über etwas ärgerte, z.B. ein neues anderes Tier, welches sich die Tochter der Nachbarin zugelegt hatte, oder anderes Geschehen, was ihn einfach störte. Ich meinte daraufhin, man hätte ihn nicht Schurrli, sondern Boomerang nennen sollen, denn egal, ob man ihn sanft oder auch etwas energischer nach draußen komplimentierte, Schurrli kam immer wieder.

Trotz der Katzen hatten wir immer sehr viele Vögel im Garten. Das Vogelhäuschen hatten wir mittels eines Hasengitters von unten her katzensicher gemacht, und am Boden pickten im Frühjahr sogar scharenweise die Stieglitze, ohne dass da einer den Katzen zum Opfer fiel. In den über zwanzig Jahren, die wir in unserem Reihenhaus wohnten, brachten die Katzen insgesamt vielleicht maximal fünf Vögel daher. Ich denke und das sehe ich, seit wir hier auf dem Land wohnen, dass Greifvögel da schon viel erfolgreicher bei der Jagd nach ihren kleineren Artgenossen sind, allen voran wohl die Sperber. Einige der Vögel verhielten sich gegenüber Katzen auch ziemlich wehrhaft: So brüteten im Efeu oder Zierwein der Gartenhäuschen, hin und wieder Amseln. Als wir eines Tages mal gegenüber unseres Grundstückes an der großen Doppellinde auf der Bank saßen und die beiden Kater am Gartentürchen beobachteten, kam plötzlich eine Amsel angeflogen, kurz danach noch eine zweite und beide attackierten die beiden Kater dermaßen, immer versuchend, sie am Genick und auf dem Kopf zu treffen, dass nach kurzer Zeit beide Kater aufgaben und sich verzogen. Das meiste hatte allerdings Schurrli abbekommen, der nicht ganz so flink war wie Willy.

Bei dieser Katzen-Freundschaft kristallisierte sich dann aber auch heraus, dass Willy der Boss war. Andere Katzen brauchten sich dann aber vor dem Haus oder hinten am Gartentürchen nicht sehen zu lassen. Dies wurde sofort als ‚Hausfriedensbruch' betrachtet und gab Stress für die ‚Hoheitsverletzer'.

Bis auf eine Ausnahme: 1997 war ein sehr kalter, frostiger Winter und Willy fing wieder an, um Futter für draußen zu betteln. Das war nun sehr eigenartig, denn Igel lagen jetzt im Winterschlaf und Schurrli war ja inzwischen perfekt untergekommen.

Dieses Spiel wiederholte sich in den nächsten Tagen mehrmals und wir begriffen, dass das Futter für draußen definitiv für einen geheimnisvollen Besucher war. Das ging dann eines Tages sogar so weit, dass sich der geheimnisvolle Besucher als Katze entpuppte, die sich dann sogar ans Futter traute, wenn wir auf der Terrasse saßen. Der Futternapf musste dazu mindestens zwei bis drei Meter von uns weg aufgestellt sein. Es war inzwischen März geworden und es gab einige Tage, wo man schon draußen auf der Terrasse sitzen konnte.

Wir beschlossen nun, zu versuchen, die fremde Katze einzufangen und zur Tierärztin zu bringen, die in unserer Anlage wohnte. Dazu lockte Christa das fremde Tier mit Futter zu uns in die Wohnung, und ich stand etwas abseits bei der Terrassentüre, um diese schnell schließen zu können, was ich dann auch tat. Als die Katze sich auf der kleinen Treppe, welche vom Wohn- zum Esszimmer führte, befand. Es war der Wahnsinn, was dann geschah: Die Katze sprang, mit einem Satz, die drei Meter von der Treppe zur Terrassentür, und ich dachte schon, die geht durch die Scheibe. Ein Verhalten wie bei einem Wildtier: Fluchtweg abgeschnitten: Panik!

Wir ließen sie dann ein paar Tage in Ruhe, sie blieb dabei im unteren Bereich und machte keinen Versuch, hochzukommen.

Als wir die Katze danach dann doch in den Katzenkorb verfrachteten, um sie zur Tierärztin zu bringen, randalierte sie ziemlich heftig im Katzenkorb. Ungefähr zehn Meter vor dem Eingang zur Tierärztin hatte sie es irgendwie geschafft, den Katzenkorb so zu traktieren, dass das vordere Gitter heraussprang und mit dem Gitter auch die Katze. Weg war sie und wir standen ziemlich verdattert da. Wir gaben der Tierärztin Bescheid und sie meinte, fall sich die Katze wieder sehen lassen sollte, dann sollten wir ihr Bescheid geben, sie käme dann zu uns ins Haus. Nun an so ein Wunder glaubten wir dann doch nicht. Doch – das Wunder geschah! Am Abend kam die Katze durch die offene Terrassentüre zu uns zurück und sofort runter in den Hobbyraum in ihre Ecke. Es war wohl doch angenehmer bei uns als draußen.

Die Tierärztin kam dann sogar ins Haus, um die Katze zu untersuchen. Hierbei wurde dann auch festgestellt, dass es sich um einen Kater handelte. Er versteckte sich dann erst einmal, wie damals

Schurrli, im Hobbyraum des Untergeschosses, und es dauerte sehr lange, bis er uns an sich heranließ.

Es dauerte auch sehr lange, bis Mutzi, wie wir ihn nannten, sich streicheln ließ. Am Anfang hatte man bei Willy das Gefühl, dass er, wie schon bei Schurrli, zwar akzeptierte, dass man sich um den ‚Kollegen' kümmerte, aber dann sollte er eigentlich wieder gehen. Mutzi bekam, wie schon zuvor Schurrli, extra Futter und Kistchen mit Streu im Hobbyraum bzw. am unteren Treppenabsatz.

Nach ein paar Wochen, an einem Wochenende, Christa war im Altenheim in der Arbeit, lag ich am Sofa, um zu lesen. Auf einmal kam Mutzi aus dem Hobbyraum hoch und kroch zuerst an mich heran, und ich streichelte ihn. Nun fing er das erste Mal an, zaghaft zu schnurren, und er kroch dabei auf meinen Bauch, um dann dort, wie ein Baby, einzuschlafen. Das Schnurren klag bei Mutzi am Anfang noch etwas eigenartig, wurde aber in den folgenden Wochen und Monaten immer mehr einer Katze würdig.

Mutzi war bei uns angekommen!

Er kam nun immer öfters hoch und spielte, wenn auch noch zaghaft, mit Willy und sogar mit Schurrli. Wenn allerdings Besuch zu uns kam, verzog Mutzi sich blitzartig wieder in seine Ecke im Hobbyraum. Erst nach fast einem halben Jahr überwog dann die Neugierde, und er schaute vorsichtig um die Ecke, wer denn da nun zu Besuch kam.

Dann aber traute sich Mutzi, der wohl in seinem

ersten halben Lebensjahr viel erlebt und, wie durch ein Wunder, auch überlebt hatte, wieder nach draußen, wobei er das Grundstück nur mit uns verließ, wenn wir z.B. außerhalb des Gartens die Straße und den dortigen Vorgarten säuberten bzw. bearbeiteten.

Weder Willy noch Mutzi gehörten zu den wasserscheuen Katzen, wobei Willy der extremere war. Mutzi zog es fast immer raus, wenn es draußen regnete und er kam dann plitschnaß zurück. Willy legte diesbezüglich noch einen drauf, indem er im Sommer bei Hitze schon mal unterm Rasensprenger durchmarschierte. Der Nachbar meinte dann: „Ihr habt vielleicht eine komische Katze, die legt sich bei uns in die Vogel-Wasserschale für die Vögel", woraufhin Christa meinte: „Spritz sie doch einfach mit dem Gartenschlauch an, dann wird sie schon abhauen." Kurz darauf kam der Nachbar wieder und meinte: „Eure Katze ist pervers! Ich hab sie mit dem Wasserschlauch angespritzt, aber sie hat sich dabei einfach nur umgedreht, damit sie auf der anderen Seite auch noch etwas abbekommt".

Bei Schnee verhielten sich Willy und Mutzi gleich, beide liebten den Schnee und freuten sich wie kleine Kinder, wenn es das erste Mal schneite. Da mussten wir dann Schneebälle werfen, die sie versuchten zu fangen oder dort, wo sie im Schnee landeten, auszugraben. Immer öfter gesellte sich auch Schurrli dazu und spielte mit. Besonders toll fanden es Willy und Mutzi, wenn der Schnee auf der

Straße vor unserem Haus (im verkehrsberuhigten Bereich) durch das Festfahren der Autos besonders glatt war und es dann wieder eine kleine Schicht Schnee drauf geschneit hatte: Dann wurde Anlauf genommen und mit allen vier Pfoten, ohne Krallen, gebremst, das war dann ‚Katzenrodeln‘.

Willy und Schurrli hatten Mutzi inzwischen voll akzeptiert, und die drei wurden unzertrennlich. Ja, sie fraßen inzwischen sogar zusammen, ohne sich dabei zu streiten. Allerdings musste sich Mutzi anfangs sogar Schurrli unterordnen. Der Boss von diesen ‚drei Musketieren‘ war aber unangefochten Willy. Er bestimmte, wo die anderen liegen durften und wo nicht. Vor allem unser Schaukelstuhl, in welchen wir extra eine Decke gelegt hatten, war ganz eindeutig Willy Platz, da durfte sich nicht einmal ein Besucher von uns reinsetzten, wie eine Freundin von Christa erfahren musste. Willy attackierte sie mit lautem Gemauze solange, bis diese den Schaukelstuhl räumte.

Zwar versuchten die beiden anderen Kater, es sich hin und wieder ebenfalls im Schaukelstuhl bequem zu machen, dies gab dann aber immer Stress mit Willy, und er schmiss gnadenlos die anderen aus dem Schaukelstuhl.

Aber sogar unsere ruhige und brave Mutzi habe ich einmal außer Rand und Band erlebt. Da gab es in den neu gebauten Reihenhäusern der Berta-von-Suttner-Straße eine Langhaarkatze. Wir nannten sie einfach die Wuschelkatze. Die mochte komischerweise keiner der drei Musketiere und sie wurde, sobald sie in die Nähe unseres Grundstückes kam, immer, wenn sie einer der drei entdeckte, sofort vertrieben.

Eines Tages ereignete sich Folgendes: Ich war gerade im Garten und Mutzi saß neben mir, um mir zuzusehen, was ich denn da wieder zu schaffen habe. Da sah ich, wie die Wuschelkatze außerhalb unseres Gartentürchens versuchte, vorbei zu schleichen. Was dann geschah, werde ich nie vergessen: Mutzi, der ja nun weiß Gott nicht der schlankeste war, sprang, wie von einem Katapult abgeschossen, die drei Meter zum Gartentor, dann in einem Satz über die Gartentür, voll auf die Wuschelkatze drauf. Ich dachte: „Jetzt zerlegt er sie!"

Es gab ein Gefauche und Geschrei und einige Tatzenhiebe, und die Wuschelkatze traute sich fortan nicht mehr in die Nähe unseres Grundstückes, sie musste wohl einen Schock erlitten haben.

Diese Situation war auch für mich total überraschend gekommen, und ich konnte gar nicht so schnell reagieren, wie sich das Ganze abspielte, war doch gerade Mutzi von den drei Musketieren derjenige, der sich immer unterordnete und von den Dreien immer der ruhigste und bravste war.

Erst als Willy dann von uns gehen musste und nach einigen Wochen auch Mutzi gemerkt hatte, dass Willy nicht mehr zurückkommt, übernahm Mutzi den Schaukelstuhl und machte dies auch Schurrli klar, dass das jetzt sein Liegeplatz ist und

Schurrli darin nichts verloren habe. Dieser kam jedoch weiterhin noch zu Besuch und hing nun oft mit Mutzi zusammen und Mutzi mauserte sich nun zum Boss der beiden.

Schurrli gab wohl aufgrund seines Alters nach. Den Altersunterschied merkte man nun auch immer öfters daran, dass Mutzi noch verspielt war und Schurrli immer wieder mal zum Spielen aufforderte, dieser aber dann oft keine Lust hatte und etwas unwirsch auf diese Aufforderungen reagierte, was Schurrli dann wiederum den einen oder anderen Tatzenhieb von Mutzi einbrachte.

Wir denken noch heute gern an die Zeit der drei Musketiere zurück, sie brachten uns oft zum Lachen und es gab immer wieder mal etwas zu erzählen. Alle Abenteuer der drei Freunde zu erzählen würde den Rahmen hier sprengen, aber drei Kater, die sich so prima verstehen, das ist schon eine außergewöhnliche Geschichte.

# Schnurri, immer für eine Überraschung gut

*- Petra Plaum -*

Mister Schnurr war der niedlichste Kater, den Dr. Florian Schmidt seit Jahren gesehen hatte. Das wollte etwas heißen, denn erstens traf er als Tierarzt nicht eben wenige Stubentiger und zweitens lagen ihm Hunde mehr. Katzen fand er zu launenhaft und unberechenbar. Dass er von einer Dame mit schrägen, grünen Augen und herzförmigen Antlitz mal ziemlich zum Narren gehalten worden war, machte ihm jene Tiere, die ihr ähnelten, auch nicht eben sympathischer. Mister Schnurr jedoch hatte nichts mit dieser Person gemein: Seine Augen waren fast rund und bernsteinfarben, das Fell unspektakulär schwarz-weiß, dafür fein glänzend. Der Blick, mit dem der Kater seinen Tierarzt bedachte, glich dem eines Hündchens, treu und liebevoll. Ohne jegliche Gegenwehr ließ er sich aus dem Korb heben und zum allerersten Mal untersuchen.

„Zehn Wochen ist er alt, oder?", fragte Schmidt die Besitzerin Rosa Müller, eine fröhlich wirkende Familienmutter um die 40.

„So genau weiß unser Freund es nicht", antwortete diese. „Er hat die Kätzchen vor acht Wochen beim Waldspaziergang in einer Kiste gefunden. Aber er meinte, 10 bis 11 Wochen müssten sie inzwischen sein."

„Könnte hinkommen", brummelte Schmidt und begutachtete die Ohren des Kleinen.

„Wir haben Mama überredet, dass Mister Schnurr mit zu uns darf", krähte Anton, der Sohn, der links neben seiner Mutter stand. „Wir haben gesagt, wir wollen unbedingt eine Katze! Ohne Kätzchen können wir nicht leben. Und dann haben wir Mama und Papa noch zwei große Bier gebracht und so lange gebettelt, bis Papa gesagt hat: Wenn ihr einen schwarz-weißen Kater findet, nehmen wir ihn."

„Die anderen drei waren rot getigert", meldete die Mutter sich zu Wort. „Und das mit dem Bier haben die Kinder schlau angestellt. Irgendwann war uns so warm und wir waren so gut drauf … Ich glaube, wir hätten uns sogar einen Elefanten andrehen lassen."

„Der Werner, also dem Papa sein Freund, brachte uns Mister Schnurr und meinte, das Kleine da, mit dem schwarzen Vorhang über den Augen und dem weißen Bauch, das ist ein Männchen. Und dann durfte Papa nicht mehr nein sagen, denn was man versprochen hat …"

„… wird nicht gebrochen", vollendete Rosa Müller den Satz.

„Hmmm", machte Schmidt und musterte den Bereich unterhalb des Schwanzes von Mister Schnurr. Die Hinteransicht des Tierchens wirkte gesund und gepflegt, doch etwas irritierte den Tierarzt. Die beiden Öffnungen lagen auffallend dicht beieinander. Der Tierarzt fühlte nach – und konnte ein Grinsen gerade so unterdrücken.

„Frau Müller? Anton?", fragte er Mutter und Sohn. „Ich hoffe, Sie sind nicht zu enttäuscht, aber Ihrem Kater fehlt da etwas Entscheidendes. Kein Penis, keine Hoden. Ich hoffe sehr, Sie können auch mit einer Miss Schnurr glücklich werden!"

Dr. Florian Schmidt war erleichtert, dass die Müllers die Neuigkeiten mit dem gebotenen Humor nahmen. „Wir haben sie sowieso meistens Schnurri genannt", meinte Anton, und seine Mutter vereinbarte sofort einen Termin zur Kastration im Frühjahr: „Sicher ist sicher". Schmidt betonte auch, dass sie dem Freund Werner nicht allzu böse sein sollten: „Weil Katerpenisse am Anfang winzig und gut versteckt sind, haben sich schon erfahrene Züchter täuschen lassen, was das Geschlecht anging. Bei Laien passiert das sogar ziemlich oft."

Alles sah nach einer Verwechslung mit Happy End aus.

Doch dann, sechs Wochen später, am ersten Arbeitstag des neuen Jahres, rief eine aufgelöste Rosa Müller in der Tierarztpraxis an und heulte ins Telefon.

„Sie erinnern sich doch noch an unsere Schnurri? Mister Schnurr? Schwarzweiß mit ganz wunderbaren bernsteinfar…"

„Aber natürlich! Eine auffallend liebe, schöne Katze", antwortete Schmidt.

„Genau! Das dachten andere offenbar auch. Sie ist weg! Seit vier Tagen schon. Sie haben Sie nicht zufällig in Ihrer Praxis gesehen?" Ein lautes Schluchzen folgte.

„Das wäre mir aufgefallen", antwortete Schmidt. „Aber wieso ist sie abgehauen?"

„Sie darf viel ins Freie, wir wohnen ja direkt am Waldrand. Ab dem 30. Dezember, hatten wir ausgemacht, kommt sie drei Tage lang nicht vor die Tür, bis die Knallerei aufhört. Doch irgendwelche Idioten, verzeihen Sie den Ausdruck, haben am Abend des 29. schon ein Feuerwerk veranstaltet, am späten Nachmittag. Seitdem ist unsere Schnurri weg."

„Das tut mir sehr leid. Vielleicht sitzt sie ja in einem Keller und wurde aus Versehen eingesperrt? Viele Katzen kommen nach einigen Tagen wieder!"

„Die Kinder laufen die Straßen auf und ab, sie klingeln überall und fragen. Wir verteilen auch Zettel. Eine Annonce haben wir jetzt zusätzlich geschaltet. Im Tierheim haben wir nachgefragt, beim Tierschutzverein – und jetzt Sie. Wenn Sie Schnurri irgendwann sehen – rufen Sie uns bitte an?"

„Aber natürlich! Und sowieso: Ich wünsche Ihnen ein gutes neues Jahr 1984."

„Ein gutes 1984 auch Ihnen!" Damit legte Rosa Müller auf.

In den folgenden Wochen hielt Dr. Florian Schmidt die Augen offen, nicht nur in der Praxis, auch draußen. Doch so viele schwarz-weiße Jungkatzen er auch behandelte, impfte, beobachtete, Mister (oder Miss) Schnurr war nicht dabei. Es wurde Fasching, Ostern, Mai … und dann geschah es. Am Vatertag hatte Dr. Schmidt Notdienst und gleich seine erste Patientenfamilie waren die Müllers. Anton trug eine Katze auf dem Arm. Eine ausgewachsene, doch zierliche und sehr, sehr struppige schwarz-weiße Katze.

„Bist du Schnurri?" Schmidt sprach das Tier an. Wie zur Antwort richtete es seinen Blick auf den Tierarzt. Einen langen, klugen Blick aus bernsteinfarbenen Augen.

„Dumme Frage! Natürlich bist du es", entfuhr es dem Doktor. „Aber was hast du nur mit deinem schönen Fell gemacht?"

„Sie muss tagelang alleine draußen gewesen sein", antwortete Rosa Müller für ihre Katze. „Wir sind doch im März umgezogen – ans andere Ende der Stadt. Vor zwei Stunden rief unsere alte Nachbarin an, da laufe seit Tagen eine Mieze in unserem früheren Garten herum, die sehe aus wie unsere, nur in groß. Wir sind natürlich sofort hingefahren!"

„Und Schnurri ließ sich einfach so einfangen?"

„Sie ist geradezu in den Transportkorb gesprungen!"

Dr. Florian Schmidt musste lachen bei dieser Vorstellung. Dann wandte er sich der Katze zu. Der Tierarzt inspizierte Ohren, Augen, Schnauze, Zähne und Fell und entfernte zwei Zecken. Nachdem er Schnurri von Kopf bis Fuß untersucht und ihr Herz abgehört hatte, machte sich Erleichterung in ihm breit: Miss Schnurr war völlig gesund. „Ich würde sagen, das ist eine Glückskatze, auch ohne drei Farben", erklärte er Mutter und Sohn, verschrieb Schnurri Entwurmungspaste und gab ihnen einen Termin für die Kastration, zwei Wochen später.

Den Termin sagte Rosa Müller zehn Tage später

ab. „Sie ist uns entwischt, und wenn wir ihr Gemaunze nachts richtig gedeutet haben, kommt das mit dem Kastrieren jetzt zu spät."

So wunderte der Tierarzt sich nicht, als Rosa Müller im August mit sieben Kindern im Wartezimmer stand: drei davon hatten je zwei Beine, vier jeweils vier Pfoten.

„Wenn ich das im Katzenbuch richtig verstanden habe, haben wir drei Katerchen und eine Katze", erklärte Amelie, die älteste Tochter, mit wichtigem Blick.

„Und die Katze wäre …?", fragte der Tierarzt.

„… das Graue! Direkt unter dem Poloch ist ein Schlitz, und bei den drei anderen sieht man weiter unten einen Punkt."

Schmidt sah nach und nickte Amelie zu. „Richtig, bei diesen dreien finden sich auch Hoden. Das hast du gut erkannt."

„Besser als Werner damals", rief Anton.

„Zum Glück hat Werner sich geirrt", befand seine Schwester. „Sonst hätte ich nie eine Katzengeburt live erlebt."

„Habt ihr denn schon Abnehmer für die Kleinen?" Schmidt wusste, dass viele Menschen an diesem Punkt Probleme hatten – manche ließen darum ihre Katzenbabys sogar bei ihm einschläfern. Nicht so die Müllers. „Na klar!", krähte Anton. „Wir haben in der Schule und der Nachbarschaft alle gefragt. Unsere Kätzchen gingen weg wie warme Semmeln."

„Dabei hätten wir gerne ein oder zwei behalten", klagte seine andere Schwester.

„Nichts da", betonte die Mutter. „Die Kätzchen ziehen aus, und Schnurri wird kastriert. Können wir das bitte diese Woche noch machen?"

Der Eingriff verlief wie erwartet ohne Komplikationen. Die Kätzchen wuchsen und gediehen. Fortan sah Dr. Florian Schmidt die Müller-Katzen alle paar Monate, meistens zum Impfen oder wegen eines kleinen Infekts.

Schnurri war und blieb etwas Besonderes. Die Kinder berichteten, dass sie ihnen wie ein Hund in die Schule folgte und sie dort um Punkt eins am Mittag wieder abholte. Auch hatte sie offenbar die Angewohnheit, immer dasjenige Familienmitglied zu umschmusen, das es gerade besonders nötig hatte. War jemand erkältet, hatte ein Kind eine Fünf geschrieben oder litt an Liebeskummer, wich Schnurri dem oder der Leidenden nicht von der Seite. Der Tierarzt glaubte den Müllers ihre schwärmerischen Geschichten aufs Wort, denn auch in seiner Praxis verhielt Miss Schnurr sich außergewöhnlich. Wenn er sie untersuchte, leistete sie niemals Widerstand, wenn er sich mit ihrer Familie unterhielt, schaute sie drein, als verstünde sie jedes Wort. Womöglich verstand sie tatsächlich, was die Menschen sprachen und fühlten. Schmidt wusste, dass es Hunde gab, bei denen es so war – wieso dann nicht auch diese Katze?

Jahre gingen ins Land. Dann, im Juni 1989,

wurde eines Morgens eine weinende Amelie zu Dr. Florian Schmidt durchgestellt.

„Herr Doktor Schmidt, haben Sie … haben Sie vielleicht … in der letzten Woche unsere Schnurri gesehen?"

„Aber nein! Sie ist doch inzwischen tätowiert. Ich hätte Sie doch angerufen", antwortete der Tierarzt. „Eure Katze ist also wieder einmal abgehauen?"

„Ja! Wir waren im Urlaub und sie in der Katzenpension. Schon zum vierten Mal! Doch als wir zurückkamen, war die Pensionsbesitzerin völlig am Ende. Schnurri war aus einem gekippten Fenster entkommen, im zweiten Stock. Die Frau hat tagelang alles abgesucht und die Tierheime und Tierkliniken abgeklappert, ohne jede Spur."

„Ich halte die Augen offen. Wenn ich etwas sehe oder höre, melde ich mich. Viel Glück", verabschiedete sich der Tierarzt und konnte einen Seufzer gerade so unterdrücken.

Er erwartete auch diesmal ein Happy End. Und tatsächlich kamen vier Wochen später zwei Zwei- und ein Vierbeiner in sein Untersuchungszimmer: Rosa Müller und ihre Tochter Amelie, die inzwischen zu einer jungen Frau geworden war. Im Katzenkorb saß ein ängstlich fauchendes Tier mit dem gewohnten schwarzen Vorhang über dem weißen Gesicht, den vertrauten zarten Zügen und großen, bernsteinfarbenen Augen. Dr. Florian Schmidt versuchte, Schnurris Blick zu halten, doch diese wich aus. Ungewöhnlich, dachte der Tierarzt.

Auch das Gefauche gefiel ihm nicht.

„Sie muss über drei Wochen draußen gelebt haben, bevor die Leiterin der Katzenpension sie auf einem Feld am Ortsrand entdeckt hat", erklärte Rosa Müller. „Sie war stark abgemagert und muss Schlimmes mit Menschen erlebt haben. Diesmal kam sie nämlich nicht von sich aus auf uns zu. Wir mussten uns lange auf die Lauer legen, bis wir sie einfangen konnten."

„Zu fünft haben wir Schnurri den ganzen Tag lang gejagt", berichtete Amelie. „Endlich wurde sie müde und ich konnte sie mit Käse anlocken und auch greifen. Daheim verschwand sie dann sofort unter dem Schrank. Leider kratzt und beißt sie gerade sehr, wir haben sie auch wieder nur mit Gewalt in den Transportkorb bekommen. Wie wird sie nur wieder zahm?"

„Stellen Sie erst mal den Katzenkorb auf den Tisch", forderte der Arzt, „und öffnen Sie ihn." Amelie gehorchte. Mit geübten Händen schaffte Schmidt es, Schnurri ruhigzustellen. Doch kaum hatte er ihr Fell unter den Händen, kam ihm ein Verdacht. Dieses Fell fühlt sich fremd an. Er drehte die Katze herum, sodass er den Bereich unter dem Schwanz erkennen konnte. Sein Verdacht hatte ihn nicht getrogen.

„Das hier", erklärte der Tierarzt den Müllers, „ist nicht Schnurri."

„Nicht? Aber … sie lief doch in der Nähe der Katzenpension herum, und die Zeichnung und die

Augenfarbe stimmen. Sind Sie sicher?"

„Da ist leider keinerlei Zweifel möglich. Sehen Sie das hier?"

„Ach …" Rosa und Amelie kippten die Kinnladen nach unten. „Da haben wir ja gar nicht nachgeschaut!"

„Aber das ist der Beweis: die Geschlechtsorgane. Jetzt haben Sie ihn, Ihren schwarz-weißen Kater."

Nach dem ersten Schock beruhigten die Müllers sich rasch wieder. Sie ließen den Kater beim Tierarzt entwurmen und impfen, suchten per Annonce nach seinen Besitzern und fahndeten weiterhin nach Schnurris Verbleib. Doch die Katze blieb verschwunden – und den Kater vermisste offenbar niemand. So beschlossen die Müllers, ihn zu behalten. Bei der Kastration erfuhr der Tierarzt den neuen Namen des Tiers: Sie tauften ihn Junius, nach dem Monat, in dem sie ihn gefunden hatten.

Schnurri war und blieb wie vom Erdboden verschluckt. Junius hingegen kam nun alle paar Monate vorbei, denn er neigte zu Augenentzündungen und Erkältungen. Jedes Mal, wenn er den Kater behandelte, streifte den Tierarzt ein leises Bedauern. Dieses Tier war so, wie für ihn vor Miss Schnurr alle Katzen gewesen waren: kapriziös und zudem nicht sehr anschmiegsam. Die Müllers taten Schmidt Leid. Und tatsächlich: Nie wieder gab es schwärmerische Geschichten vom Schulweg mit Katze oder vom Kuscheln in traurigen Stunden. Junius erduldete zwar, gestreichelt zu werden, doch von sich aus gab er augenscheinlich wenig. Da war es ein schwacher Trost, dass er eine höhere Lebenserwartung hatte als seine Vorgängerin im Hause: Junius' Geburtsjahr, schätzte der Tierarzt, musste 1987 gewesen sein, Schnurris war 1983. Wo Letztere wohl abgeblieben war? Vielleicht hatte sie ein Tierfänger geschnappt, oder ein Auto hatte sie getötet. Dr. Florian Schmidt war sich sicher, dass Miss Schnurr schon lange nicht mehr am Leben war.

Die 90er Jahre kamen und gingen. Dr. Florian Schmidt heiratete (eine Frau mit dem Gemüt eines Golden Retrievers, sodass die Ehe ihm Freude bereitete). Er wurde Vater einer Tochter, Besitzer eines Eigenheims und zweier Mischlingshunde. Die Praxis lief weiterhin gut. Auch bei den Müllers ging das Leben voran, sah der Tierarzt: Amelie und ihre Schwester kamen bald nicht mehr vorbei, sie waren in andere Städte gezogen. Der kleine Anton verwandelte sich in einen Zwei-Meter-Mann. Nur Rosa Müller blieb, von ein paar Lachfältchen abgesehen, dieselbe. Selbst 2000, 2001, 2002. Ihr Rotblond stammte vermutlich längst aus der Tube, vermutete der Tierarzt, denn bei ihr sah man nie ein graues Haar, im schwarzen Teil von Junius' Fell hingegen sehr wohl. Mit den Jahren legte der Kater zudem an Gewicht zu und wurde träge, wie so viele Artgenossen. Für den Tierarzt brachte das Vorteile, denn nun ließ Junius sich endlich ruhig untersuchen und muckte selbst bei Spritzen nicht mehr auf. „Er kann gut und gerne 20 werden", versicherte der

Tierarzt Rosa Müller.

„20", wiederholte diese und seufzte. „Unsere erste Katze, Miss Schnurr, wäre nächstes Jahr so alt geworden. Erinnern Sie sich noch an sie?"

„An den falschen Kater mit dem weisen Blick? Natürlich. Ein Tier wie Schnurri kann man nicht vergessen."

„Kann man nicht", stimmte Rosa Müller zu und sah einen Moment lang traurig aus. Dann schnappte sie sich ihren Kater, bugsierte ihn sanft in den Transportkorb zurück und lächelte den Tierarzt an. „Danke, dass Sie all die Jahre für uns da waren! Ich bin sicher, Sie begleiten uns noch bis zum Schluss."

„Aber natürlich", versicherte Schmidt und dachte an seinen nächsten Termin: Eine Katzenoma, die zum Einschläfern gekommen war. Ihre Besitzer lebten erst seit kurzem in der Gegend. Der Tierarzt geleitete Rosa Müller und Junius zur Tür.

Kaum hatte er dieselbe geöffnet, hörte er Rosa Müller aufschreien.

„Schnurri! Liebe, süße Schnurri!" Dann fauchte sie: „Diebin! Räuberin! Wie kommen Sie zu unserer Katze?"

„Ihre? So ein Unsinn!", entgegnete die Frau, die ihr mit ihrer Transportbox im Gang stand, eine dralle Blonde. „Das ist unsere Resi! Seit 13 Jahren schon."

Das Objekt der Begierde, eine schwarz-weiße Katze, saß in ihrer Box aus Plastik und machte große Augen. Diese hatten die Farbe von Bernsteinen und schauten lebensklug, fast weise in die Runde. Dr.

Florian Schmidt schluckte – es stimmte: Das Tier in dieser Box war unbestreitbar Miss Schnurr.

„Sie kommt also doch zu Ihnen in die Praxis – unsere Katze!", klagte Rosa Müller nun in Richtung Tierarzt. „Und Sie haben uns all die Jahre nichts gesagt!"

„Aber … aber da tun Sie mir unrecht!", verteidigte dieser sich. „Die Katze kommt heute zum ersten Mal, ich meine, seit 1989. Und ganz sicher zum ersten Mal mit dieser Besitzerin." Er wies auf die Blonde.

„Wir wohnen ja auch erst seit drei Wochen hier!", rief diese und stellte klar: „Wir haben gerade das Haus meiner Großmutter geerbt. Vorher lebten wir in Hamburg, aber hier ist es schöner. Doch unserer alten Resi, der war der Umzug wohl zu viel. Sie frisst nicht mehr, bekommt ständig Fieber … sie ist ja auch schon an die 20."

„Und wie sind Sie damals zu Ihrer Resi gekommen?" Rosa Müller stemmte die Hände in die Hüften und funkelte die Blonde an. „Haben Sie sie etwa eingefangen und weggesperrt?"

„Gefunden habe ich sie! Im Straßengraben, blutüberströmt und halb tot. Da war ich noch fast ein Kind und in den Pfingstferien bei der Oma zu Besuch", entgegnete Resis/Schnurris Besitzerin. „Oma war früher Tierarzthelferin und kannte sich aus. Sie und ich haben diese Katze ganz allein aufgepäppelt. Weil ich so gebettelt habe, durfte ich Resi nach den Ferien zu meinen Eltern mitnehmen.

Es ging ihr gut bei uns! Geht es noch", schickte sie hinterher.

„Aber Ihre Besitzer zu suchen, auf die Idee sind Sie damals nicht gekommen?" Rosa Müller klang noch immer aufgebracht, doch gefasster.

Die Blonde schüttelte den Kopf und senkte dann den Blick. „Naja … ich … wir haben schon im Ort rumgefragt, aber so richtig gesucht haben wir damals nicht. Ich habe mir doch so sehnlich eine Katze gewünscht …"

„Miau!", erschallte es da aus Resi/Schnurris Box. Es klang wie „Ruhe jetzt!" Die Frauen verstummten. Der Tierarzt musterte die beiden Katzen in ihren Behältnissen – von Statur und Zeichnung her wirkten sie wie Zwillinge. Resi/Schnurri jedoch merkte man deutlich an, dass sie älter war, müde und vom Leben gezeichnet.

„Miauuuu", heulte sie jetzt, „mau", antwortete Junius.

„Gut!", beendete Dr. Florian Schmidt die Diskussion. „Ich schlage vor, Sie beide sprechen sich im Wartezimmer aus, entscheiden, was mit Schnurri beziehungsweise Resi geschehen soll, und ich ziehe derweil einen anderen Patienten vor."

Und so kam es, dass Resis/Schnurris neue Besitzerin an diesem Tag mit einer lebendigen Katzengroßmutter die Praxis verließ – Seite an Seite mit Junius und dessen Frauchen.

12 Monate später erhielt Dr. Florian Schmidt die Nachricht, dass Resi/Schnurri wenige Tage zuvor

friedlich entschlafen sei, nach einem schönen letzten Lebensjahr. Nach dem Wiedersehen mit ihrem ersten Frauchen waren die Appetitlosigkeit und das Fieber der Katze wie durch Zauberhand verschwunden. Die Müllers und Resis/Schnurris neues Frauchen hatten den Kontakt gehalten, Anton und seine Schwestern hatten Abschied vom Haustier ihrer Kindheit nehmen können. Junius lebte noch bis zum Sommer 2006. In Dr. Florian Schmidts Praxis kamen seither viele schwarz-weiße Katzen, große und kleine, dicke und dünne, manche sogar mit bernsteinfarbenen Augen. Doch jemanden wie Resi/Schnurri hat der Tierarzt nie wieder gesehen.

# Kitty von Silbersandstein und ihre Gefährten

*- Petra Quaiser -*

Da stand es. Das kleine weiße Wollknäuel, das seine rosa Nasenspitze an der Innenscheibe der Terrassentüre platt drückte. Seine bernsteinfarbenen Augen blitzten. Sein kleiner Mund öffnete sich zu einem Miauen, das wir draußen nicht hören, nur sehen konnten. Es war Kitty von Silbersandstein. Eine weiße Perserkatze, die sich ihres Stammbaumes sehr wohl bewusst war, was sich in den nächsten Jahren immer wieder zeigen sollte.

Mein Mann, unsere 7-jährige Tochter und ich schauten uns an und lachten. „Bitte, Mama, ich will das Kätzchen haben!" Immer wieder klatschte Jasmin fröhlich in die Hände und hüpfte auf und ab. Das kleine Kätzchen schien sie zu verstehen, denn es tappte mit den Pfoten gegen die Glasscheibe, als wolle es sagen: „Lasst mich heraus!" Unsere drei Herzen standen in Flammen, und so dauerte es nicht lange, und Jasmin trug das kleine Kätzchen freudestrahlend nach Hause.

Ein Katzenkorb musste her, der mit einer bunten Decke ausgelegt wurde. Es folgten Fressnapf, Futter, Katzenbaum, Katzenklo und Spielzeug. Mein Gott, was für ein Aufwand! Aber Kitty war nun mal unsere ganze Freude. Sehr schnell merkten wir, dass sie eine sehr eigenwillige Katze war, die sehr genau wusste, was sie wollte. Sie bekam ihren Fressplatz in der Küche und es war allerliebst zu beobachten, wie das kleine Mäulchen das Futter aufnahm und die rosarote Zunge das Wasser schlabberte. Wenn sie sich dann müde in ihrem Korb im Wohnzimmer einrollte und zufrieden schnurrte, dann atmete die ganze Familie auf und freute sich. Kitty wuchs zu einer prächtigen Katzendame heran, die im Haus regierte wie eine kleine Königin. Sie lag überall da, wo es weich und warm war.

Ihr Lieblingsplatz war sehr bald auf der kuscheligen Eckbank. Dort lag sie und verteidigte ihren Platz, wenn es sich jemand erlauben sollte, diese Ecke zu belegen. Sie drehte sich dann mit erhobenem Schwanz so lange hin und her, bis jeder etwas zur Seite rückte und ihr Platz machte. Das tat jeder gerne, denn keiner wollte immer wieder mit ihrem Hinterteil konfrontiert zu werden.

Das weiße, lange Fell war wie Seide. Es war stets ein Drama, wenn es darum ging, das Fell zu bürsten oder Knoten heraus zu schneiden. Herrjemine, da machte die Dame einen Spektakel und zeigte die Krallen. Und dann die Augen, die ewig tränenden Augen. So süß ihr eingedrücktes Näschen war, es verursachte doch Probleme mit dem Tränenkanal und so sonderten die Augen immer etwas dunkle Flüssigkeit ab. Diesen Katzenbody in Ordnung zu halten, war also nicht so ganz einfach. Wenn ihr Fell und die Augen dann aber wieder glänzten, stieg sie erhobenen Hauptes von dannen.

Nach draußen ging sie gerne, und schnell merkten wir, dass sie ein richtiger Streuner war. Das passte uns nicht, denn schließlich war sie ein edles Kätzchen, das wir lieber im Haus hielten. Aber ganz wollten wir ihr die große, weite Welt auch nicht verwehren. Zunächst beschnupperte sie nur die Terrasse und den angrenzenden kleinen Garten.

Wenn sie wieder ins Haus wollte, so stellte sie sich demonstrativ vor die Terrassentüre. Aber nur für einen Moment. Wenn keiner öffnete, hob sie ihre Pfote und klopfte kurz gegen die Scheibe. Öffnete immer noch niemand, so klopfte sie massiv und schnell immer wieder gegen die Scheibe, bis jemand öffnete. Allerdings wollte die kleine Königin würdig empfangen werden. Also nur mal so einen Spalt die Türe öffnen, das ging gar nicht. Oh nein, weit und einladend mussten wir die Terrassentüre aufreißen. Am besten noch eine Verbeugung machen. Die Gnädigste marschierte dann mit erhobenem Haupt und aufgerichtetem Schwanz an uns vorbei. Sie würdigte uns kaum eines Blickes. Und je nach Dauer ihrer Klopfaktion waren entsprechend zornig die Gesichtszüge.

Langweilig wurde es uns mit ihr nicht. Kitty brachte alles nach Hause. Kleine Fische aus dem Teich unseres Nachbarn, Mäuse lebend oder nur den Kopf, Eidechsen mit und ohne Schwanz oder auch nur den zappelnden Schwanz. Stolz legte sie ihre Trophäen auf den schmalen Läufer im Wohnzimmer und erwartete die entsprechende Anerkennung ihrer Leistung. Die wir ihr natürlich überschwänglich schenkten.

Eines Tages stand uns fast das Herz still. Kitty war nicht da. Noch nie war sie so lange weg gewesen. Schon gar nicht über Nacht. Keiner konnte so richtig schlafen. Immer wieder ging ich nachts in den Garten und rief ihren Namen. Auch in den nächsten Tagen war von unserem Kätzchen weit und breit nichts zu sehen. Wir liefen das ganze Wohnviertel ab. Da es ein Neubaugebiet war, gab es auch viele Baustellen mit ausgeschachteten Kellern und Rohbauten. Wir klapperten alles ab und riefen den Namen unserer Katze. Es kam keine Resonanz, egal wo wir auch suchten.

Die ganze Familie war traurig und ich wollte es einfach nicht wahrhaben, dass Kitty verschwunden war. Mein letzter Versuch war eine Anzeige in der Tageszeitung. Und siehe da, das Wunder geschah. Es war schon spät am Abend und es dämmerte. Da klopfte etwas an unsere Terrassentüre wie in alter Manier. Wir trauten unseren Augen nicht. Es war unsere Kitty, die dastand in ihrer überheblichen Haltung und Aufmachung.

Ich riss die Türe auf, und sie marschierte herein, als wäre nichts gewesen. Jeder nahm sie auf den Arm. „Ach, Kitty", sagte ich, „wenn du nur sprechen und uns erzählen könntest, was in den vergangenen zwei Wochen geschehen ist und wo du warst." Keiner war zu sehen, der Kitty vielleicht gebracht hatte. Und doch, sie musste in einem guten Haus gewesen sein. Sie war wohlgenährt und vom Fell und den Augen her sehr gepflegt.

Als so langsam ihre Sturm- und Drangzeit begann, wollte ich sie immer zum Tierarzt bringen um sie sterilisieren zu lassen. Immer wieder schob ich es hinaus, dachte mir aber auch nicht viel dabei, weil Kitty kaum den Garten verließ. Doch bei ihr konnte man vor nichts sicher sein.

Eines Tages, ich dachte, ich sehe nicht recht, da brachte Fräulein Kitty Besuch mit. Einen kräftigen, rothaarigen Kater, der ein Glöckchen um den Hals trug. Der stand doch tatsächlich an ihrem Futternapf und sie saß daneben, als wolle sie sagen: „Nun fress mal schön, mein Liebling." Ich war so perplex, dass ich die Sache einfach nur beobachtete. Der Kerl fraß rücksichtslos und ohne Hemmungen. „Schämst du dich nicht, Kitty? Du bist ein Fräulein von Silbersandstein und du lässt dich einfach mit einem räudigen Straßenkater ein!", rief ich entsetzt. Sie schaute mich von unten nach oben an, als wolle sie mich für verrückt erklären. „Was weißt denn du schon", schien ihr Blick zu sagen. Diese eigenartigen Katzenaugen funkelten so frech, so überheblich, als würde sie mich nicht für voll nehmen. Dann drehte sie ihren Kopf weg und starrte wieder auf ihren gefräßigen Galan. Ich ließ die Haustüre offen, damit der Herr verschwand, was auch nach geraumer Zeit geschah.

Nach diesen Kavaliersepisoden hat es unsere Katzendame doch tatsächlich geschafft, trächtig zu werden. Wir waren entsetzt, aber auch erfreut. Die Aufregung war groß. Ich wälzte Bücher, wie es ist, Katzenmama bzw. „Oma" zu werden. Je mehr es auf den Tag X zuging, desto nervöser wurde ich. Alles hatte ich vorbereitet: Katzenkorb, warme weiche

Decke, Tücher.

Und eines Nachts war es soweit. Ich spürte schon den ganzen Tag die Unruhe der Katze, dass sie sich zurückzog. Ich zog mit ihr ins Fremdenzimmer. Stellte den Korb bereit und verhielt mich ganz ruhig. Dann kamen sie zur Welt, die kleinen Katzenkinder. Was für eine wunderbare Katzenmama. Ich war so stolz auf meine Kitty in dieser Nacht. Sie schenkte vier kleinen Katzen das Leben und versorgte sie wunderbar. Sie biss die Nabelschnur durch, vernichtete die Nachgeburt und es war Stunden später so, als wäre nie etwas gewesen. Fantastisch!

Ich streichelte meine Kitty und lobte sie. Ganz vorsichtig und zärtlich strich ich über die vier kleinen Wesen. Ach, ich war total happy und mit mir die ganze Familie.

Ich war so stolz, dass ich jedem Besuch die Katzenkinder zeigte. Jedes Mal holte ich den Korb von oben runter mit dem ganzen Wurf. Auch zwischendurch. Ich wollte die Kätzchen bei mir haben. Stellte sie immer mal ins Wohnzimmer, setzte mich im Sessel daneben und beobachtete das Gewusel. Der Katzenmama passte das nicht. Sie fauchte, lief unruhig hin und her und in einem Moment, da packte sie ihre Katzenkinder nach und nach am Genick, schleppte sie über die Treppe nach oben und versteckte sie hinter dem Bett im Fremdenzimmer.

Aus der Traum. Sie legte sich zu ihren kleinen Kätzchen und wenn einer hinter das Bett schaute, dann fauchte sie. Von da an kam sie nur zum Fressen und Saufen in die Küche und kurz mal zu uns ins Wohnzimmer. Ansonsten war sie nur bei ihren Katzenkindern. Mein Gott, was für eine wunderbare Katzenmama! Sie entsorgte den Kot, nichts war schmutzig, und die Katzen wuchsen heran. Die Augen öffneten sich und sie nahmen Formen an. Es waren zwei weiße Katzen, eine grau-weiße und eine getigerte Katze. Sie hatten das seidige Fall der Mutter. Der getigerte Kater hatte auch ihren Körperbau und die Kopfform der Perserkatze. Er entwickelte sich zu einem edlen Tier.

Eines Nachts, ich hatte mal wieder im Katzen- zimmer geschlafen, da hörte ich es schmatzen. Ich wachte auf und staunte nicht schlecht. Die Kätzchen wuselten vor dem Bett hin und her. Kitty war dabei und ich sah, dass sie etwas fraßen. Das war bisher nicht der Fall gewesen, denn sie säugte die Katzenbabys. In dieser Nacht aber hatte diese für- sorgliche Katzenmama das Katzenfutter von ihrem Fressnapf in der Küche im Maul in den ersten Stock gebracht und es ihren Katzenkindern hingelegt. Und die haben gefressen. Das war das Schmatzen, das mich geweckt hat. Es war ein Bild für Götter, und ich war mal wieder so stolz auf meine Kitty.

Von dem Tag an brachte ich den Korb sowie Kind und Kegel nach unten und dort blieben sie dann auch. Ich stellte Fressnäpfe auf und Mama Kitty gab genau Kommando, was zu tun ist. Sie lag im Wohn- zimmer vor dem Kamin. Von dort aus hatte sie den ganzen Raum und die offene Zimmertüre im Blick. Wenn sich eines der Katzenkinder an der Tür aufhielt oder sogar den Raum verlassen wollte, dann stieß sie eigenartige Laute aus und die kleinen Katzen kamen zurück. Wieder ein anderer Laut und die Katzen kamen zu ihr. Wir brauchten keinen Fernseher mehr. Kitty und die Katzen waren Unterhaltung genug. Sie waren jetzt überall. Sie hingen in den Vorhängen, versteckten sich unter dem Sofa und rissen an den Kabeln. Nichts war mehr vor ihnen sicher.

Und dann kam der Zeitpunkt der Trennung. Wir hatten für jedes der Katzenkinder ein gutes Zuhause gesucht. Gerne gaben wir sie nicht her. Den getigerten Kater behielten wir selbst. Er war so schön, so anhänglich und wurde später zum Liebling meines Mannes. Die grau-weiße Katze kam zu einer befreundeten Familie.

An einem Sonntagvormittag läutete es. Wir wussten, jetzt werden die zwei weißen Katzen geholt. Sie gingen in den Nachbarort. Ich öffnete. Vor mir standen zwei kleine Kinder. Ein Junge und ein Mädchen. Jeder hielt ein kleines Körbchen in der Hand. Hinter ihnen standen die Eltern. Die Kinder waren so aufgeregt. Wollten nur zu den Katzen und ich stand da. Mein Gewissen schlug, weil ich jetzt so einfach meine Katzen abgeben wollte. Mir saß ein Kloß im Hals. Doch als ich die Kinder mit den Körbchen sah, da wusste ich, sie bekommen einen guten Platz.

Der grau-weißen Katze ging es nicht so gut. Die neuen Besitzer kümmerten sich nicht um das sehr scheue Tier und so kehrte sie in ihr altes Zuhause zurück. Wir päppelten sie wieder auf und gaben sie nicht wieder her.

Unsere drei Stubentiger bekamen

Zuwachs. Schließlich sollte der Privatzoo nicht einseitig bleiben. Ein Hamster, drei graue Mäuse und eine Hausratte gaben sich zwischendurch ein Stelldichein. Jeder trieb unter den Argusaugen von Fräulein Kitty sein Unwesen. So langsam nahm der kleine Tierpark Formen an. Es fehlte nur noch eine treue Hundeseele.

Es war mal wieder unsere Tochter mit ihrem Tiertick, dass wir im wahrsten Sinne des Wortes „auf den Hund kamen". In der Tageszeitung war ein Foto mit zehn Schäferhundwelpen aus dem Tierheim abgebildet, und ein kleiner Artikel stand dabei. Die Hunde auf dem Bild waren so herzig. Ich hätte es meiner Tochter nicht zeigen sollen, denn schon ging das Betteln an. „Nur mal vorbei fahren, Mama, nur mal anschauen." Man sollte das nicht tun, doch wir taten es. Am Samstagnachmittag statteten wir dem Hundewurf einen Besuch im Tierheim ab. Es waren einige Interessenten da, bzw. nur noch drei Hunde standen zur Vermittlung. Alle anderen waren schon vergeben. Auf einmal tapste so ein kleines, drolliges Etwas auf mich zu. Setzte sich vor mich hin und schaute mich an. Ein Ohr stand nach oben, das andere hing nach unten. Sein Blick sagte: „Du gefällst mir, nimm mich mit." Wer kann da Nein sagen? Ich nicht. Ich schluckte, nahm den kleinen Welpen auf den Arm. Es war eine Hundedame. Wie sich wohl die Katzen verhalten würden, wenn dieses neue Familienmitglied einzöge? Kitty wird blöd tun, dachte ich mir. Garfieldine wird es egal sein und unser Natzi, der Schmusekater meines Mannes? Na, da bin ich gespannt. Unsere Caka (Tschaka gesprochen), so nannten wir den kleinen Schatz, bekam zur Begrüßung von unserem Kater sofort richtig eines auf die Schnauze. Damit waren die Fronten geklärt. Fräulein Kitty war die Überheblichkeit in Person und provozierte den Hund, wo sie nur konnte.

Der Hund durfte nicht auf die Eckbank, aber Fräulein Kitty, denn das war ja neben ihrem Korb ihr Lieblingsplatz, den sie vehement gegen alle Einflüsse verteidigte. Unser Hund konnte nicht fassen, dass die Katze auf die Eckbank durfte und er nicht. So saß er neben der Bank und winselte zum Steinerweichen. Als wolle er sagen: „Schaut mal, was die macht! Sie darf auf die Eckbank und ich nicht." Und je mehr er winselte, umso spöttischer blickte Fräulein Kitty auf ihn herab. Drehte sich immer wieder im Kreis als wolle sie sagen. „Ja, schau her, das ist mein Platz, und du bleibst unten."

Doch der Hund war schlau. Er wusste, dass sie ihren Katzenkorb nur für sich beanspruchte. Da durfte keiner hinein. Aber er tat es. Jedes Mal, wenn Fräulein Kitty ihren Platz auf der Eckbank einnahm, so lief der Hund durch den Katzenkorb. Sie hörte das Rascheln und kam wie der Leibhaftige runter von der Eckbank und legte sich demonstrativ in ihren Korb.

Eines Tages schien ihr dieses Spiel zu bunt zu werden. Wir waren mit dem Hund unterwegs und kamen nach Hause, sperrten die Türe auf und gingen ins Wohnzimmer. Schnuppernd hob ich meine Nase. Bei meinen Tieren war ich mit all ihren Gerüchen vertraut. „Ich fass es nicht!", rief ich meinem Mann zu. „Hier riecht es nach Katzenscheiße. Und wie, das stinkt ja gewaltig!" Wir schauten uns überall um. Die Katzen hatten im Keller ihre Katzenklos, die sie immer benutzten. Das konnte doch nicht sein! Aber es war so. Fräulein Kitty hatte in unserer Abwesenheit demonstrativ in ihren Korb ein dickes, stinkendes ‚Katzenei' gelegt. Und das Ende der Geschichte: Wir räumten die oppositionellen Exkremente weg, und der Hund trabte künftig in seiner Eifersucht nicht mehr durch den Katzenkorb. So regelten die Tiere immer alles unter sich.

Unser Kater Natzi war ein wahrer Schmusekater. Doch eines Tages hatten wir einen Übernachtungsgast. Das schien dem Kater nicht zu gefallen. Er schlich sich heimlich ins Fremdenzimmer und urinierte in die bereits gepackte Reisetasche. Die feuchten Spuren und der Geruch ließen keine besondere Freude aufkommen.

Bei den Mahlzeiten saßen Hund und Katzen unweit vom Tisch in der Hoffnung, da fällt was ab.

Ihre Augen schauten uns das schlechte Gewissen ein. Am liebsten hätten wir uns auf den Boden gesetzt und den Tieren den gedeckten Tisch überlassen. Also, ein Ritual musste her. Jeder bekam einen kleinen Teller, und am Ende der Mahlzeit bekam jeder ein kleines Stück.

Ja, ok, falsche Erziehung, aber wir liebten es zu sehen, wie sie sich freuten, und wir freuten uns, und somit war das immer wunderschön. Der Hund schnappte seinen Brocken sofort. Ein Biss, alles war weg. Die Katzen saßen vor ihrem kleinen Teller und verschlangen langsam und genüsslich ihre winzigen Brocken. Das konnte der Hund nicht fassen. Er machte schnapp und weg, und die kauten da so lange. Das wollte er nicht verstehen und so legte er sich bäuchlings hin und sah vor allen Dingen Fräulein Kitty zu, wie sie langsam und überheblich ihre Brocken kaute. Dabei schielte sie ihn an, als wolle sie ihn provozieren. Er ging darauf ein. Seine Schnuffel rutschte immer weiter nach vorne, immer mehr Richtung Kittyteller. Kam er zu weit nach vorne, so fauchte Frl. Kitty, aber wie. Zum Schluss aber, da war sie gnädig. Sie überließ ihm großzügig ihren kleinen Teller, auf dem sie ein kleines Stück liegen gelassen hatte. Dann miaute sie kurz, stellte ihren Schwanz auf die Höhe und ging stolz und überheblich an dem Hund vorbei. Der schnappte sich schnell diesen Winzling und der Friede war wiederhergestellt.

Die sehr sensible Hundedame vertrug es nicht,

wenn es zu lauten Diskussionen kam. Dann saß sie da, schaute von einem zum Anderen. Und plötzlich sprang sie auf meinen Schoß oder auf den Schoß meines Mannes oder der Tochter und legte ihre Pfoten um den Hals, so als wolle sie sagen: „Seid doch wieder gut, oder jetzt ist Ruhe und Frieden." Und so war es auch. Die Wogen glätteten sich ganz schnell.

Traurig wurde es, als wir uns nach und nach von unseren Tieren verabschieden mussten. Mäuse, Hamster und Ratte hatten längst das Zeitliche gesegnet, als Fräulein Kitty im Alter von 14 Jahren ernstlich erkrankte. Es war das erste Mal, dass wir ein Tier einschläfern lassen mussten. Es war ein schwerer Gang.

Drei Jahre später starb unser Kater. Er wurde 16 Jahre alt. Er war schon alt und schwach und wir merkten, dass seine Tage gezählt waren. Eines Abends wollte er unbedingt nach draußen. Es war Frühling und er bläkte vor der Türe immer wieder. Also ließ ich ihn gehen. Er kam nicht zurück. Am Morgen, als ich die Haustüre öffnete und Kinder auf dem Gehweg liefen, hörte ich, wie sie sagten: „Oh, hier liegt eine Katze." Ich reagierte sofort, ging einige Schritte und da lag unser Kater. Ich hätte heulen können. Das Fell war feucht von der Nacht und er war steif, tot.

Ich nahm ihn hoch und hielt ihn wie ein kleines Kind in meinem Arm. Ich weinte. Warum nur, warum hatte ich ihn rausgelassen? Wollte er zum

Sterben raus? Aber nein, er wollte doch nach Hause, nur wenige Schritte hatten ihm gefehlt. Ich war total verzweifelt, machte mir viele Vorwürfe.

Nur noch Caka und Garfieldine, die inzwischen auch schon 16 Jahre alt war, waren uns geblieben.

Die Tochter wurde erwachsen und zog aus und wir zogen um und mit uns unsere alte Katze Garfieldine und der Hund Caka. Sie gewöhnten sich schnell an ihr neues Zuhause. Nur eines passte unserer sonst so friedlichen und ruhigen Katze nicht. Das war der neue, große Blumenstock. Die Pflanze, die unser Wohnzimmer nun zierte, war ein Elefantenfuß.

Je älter Garfieldine wurde, desto mehr Macken bekam sie. Und schlussendlich entdeckte sie diesen prachtvollen Blumenstock für sich. Sie benutzte ihn als ihre ganz persönliche Toilette. Sämtliche Versuche, mit allen möglichen Mitteln dagegen zu steuern, schlugen fehl.

Die Katze war inzwischen 20 Jahre alt, und ihr Eigensinn kannte keine Grenzen. Machtlos mussten wir mit ansehen, wie der Elefantenfuß immer mehr Federn lassen musste. Er sah richtig räudig aus. Ebenso aber auch Garfieldine. Das Alter machte ihr zu schaffen und eines Tages schlief sie friedlich in ihrem Körbchen ein.

Geblieben ist uns unsere treue Hündin Caka, die total auf ihr Herrchen fixiert war. Die beiden waren ein Herz und eine Seele. Täglich gingen sie morgens und abends Gassi. Auch im Haus war sie immer an seiner Seite. War er bei der Arbeit, so wartete sie den ganzen Tag auf ihn. Als mein Mann eines Tages zur Operation ins Krankenhaus musste und dort zwei Wochen stationär blieb, litt die Hündin Höllenqualen. Sie wartete und wartete, sie fraß nicht, wollte nicht Gassi gehen. Ich fuhr mit dem Fressnapf, Hund und Hundefutter nach Augsburg in die Klinik. Mein Mann kam nach draußen, fütterte unsere Hundedame, bzw. versuchte es. Allerdings vergeblich. Sie ignorierte ihn total, nahm auch jetzt kein Futter zu sich. Ich ging zum Tierarzt, ließ ihr Aufbauspritzen geben und versuchte alles Mögliche, um unsere Hündin zu füttern. Der Anblick der trauernden Hündin war für uns schrecklich. Erst an dem Tag, als mein Mann nach Hause kam, fraß unsere Caka wieder. Als sie elf Jahre alt war, kränkelte sich immer mehr. Der Darm machte ihr zu schaffen und immer mehr litt sie an der Schwäche der Schäferhunde, und das waren die Hinterläufe. Sie konnte sich nicht mehr aufstehen, nicht mehr ihr Geschäftchen verrichten. Knickte nach hinten immer wieder zusammen und hatte große Schmerzen. Der Tierarzt konnte nicht mehr helfen und wieder gingen wir den schweren Gang, eines unserer Tiere von ihrem Leiden zu befreien. Wieder war es ein Familienakt. Es war der Faschingsdienstag. Ein Tag, an dem anderen lustig und fröhlich feierten, wir aber um unsere Hündin trauerten. Sie bekam ihre Spritze, schlief friedlich in unseren Armen ein. Wir hatten schon von einigen Tieren Abschied genommen, aber keiner fiel so schwer wie der Abschied von unserem treuen Hund. Mein Mann litt sehr, denn er war ihre Welt, ihre Bezugsperson. Beide gingen so viele Jahre durch Dick und Dünn.

Ohne Haustier, das war kein Leben für uns. Und so gingen wir auf die Suche. Wir klapperten die Tierheime ab und suchten im Internet. Ich sah ein Foto bei „Tiere in Not" und speicherte es ab. Ich wollte es am Wochenende meinem Mann zeigen. Zwei Tage später schickte er mir per Mail aus dem Büro ein Hundefoto mit dem Hinweis: „Schaut der nicht niedlich aus?" Ich konnte es kaum glauben, es war dasselbe Foto, das ich mir abgespeichert hatte. Damit waren die Würfel gefallen. Wir riefen bei der Hundevermittlung an und schon bald zog die kleine Welpendame bei uns ein. Sie kam aus Kroatien. Ihre Hundemama war gestorben und sie wurde von einer Familie großgezogen. Sie übertrumpfte alle Tiere, die wir bisher hatten. Ihre Lebhaftigkeit hielt uns total auf Trab. Vor allen Dingen einer bekam es wieder voll ab. Das war mal wieder unser Elefanten-baum. Der Welpe hatte ihn sich für seine Buddel-künste auserkoren. Und so haute er mit seinen kleinen Pfoten die Erde aus der Blumen-schale, dass es nur so spritzte und die Erdbrocken im ganzen Wohnzimmer und auf den Schränken und in Regalen weit verbreitet waren. Das, was die Katze nicht geschafft hat, das schaffte unsere Bella. Irgendwann strich der Blumenstock die Segel und ging ein.

War unsere Caka ein lieber, folgsamer und

ruhiger Hund gewesen, der nie eine Leine brauchte, nur soviel fraß wie für ihn richtig war, so handelten wir uns mit unserem neuen Hund Bella das genaue Gegenteil ein. Sie ist ein Nimmersatt und vergrault Mensch und Tier mit ihrer Angriffslust und ihrem Bellen. Zwei Jahre Hundeschule waren angesagt, um sie einigermaßen da hinzubringen, wo sie hin sollte. Aber auch sie ist heute, wie ihre Vorgängerin, unser auserkorener Liebling.

Ja, es war schon eine wilde Zeit mit Fräulein Kitty und ihren Gefährten. Aber es war auch eine unvergesslich schöne und aufregende Zeit. Unsere tierfreudige Tochter lebt inzwischen auf einer eigenen kleinen Ranch auf dem Land mit Hühnern, Hahn, Laufenten, Zwergziegen, Katzen und einem Hund. Wer die wohl versorgt, wenn sie nicht da ist? Wir, in Begleitung unserer inzwischen auch schon wieder 10 Jahre alten Bella, die allen Tieren auf dem Hof gerne den Garaus machen würde.

Und soll ich euch was sagen: Uns um die Tiere zu kümmern, sie zu beobachten, ja, sogar von ihnen zu lernen, finden wir immer wieder schön.

# Wie die Glückskäfer zu ihrer roten Farbe kamen

*- Viktoria Raab -*

Als der liebe Gott die Tiere erschuf, gab er jeder Rasse und jeder Art ihr eigenes Aussehen, verschiedene Größen und Eigenschaften. Die Namen und Farben kamen erst später dazu.

Eines Tages, als die Käfer an der Reihe waren, ihre Farben zu erhalten, hatte eine kleine Käferart so tief und fest geschlafen, dass alle Farben vergeben waren, als sie erwachten. Traurig und beschämt verkrochen sie sich überall, wo sie nur ein Versteck finden konnten: Unterm Gras, unter Blättern, in einem Wurm- oder Mauseloch, damit sie keiner sah. Nur ein ganz mutiger und tapferer Käfer, seine Verwandten nannten ihn Sven, wollte es nicht hinnehmen, so blass und fahl herum zu laufen. Das konnte doch nicht sein, dass es nirgends auf der Erde für ihn und seine Artgenossen keine Farbe mehr gäbe. Aber statt immer sich traurig zu verkriechen, machte er sich auf den Weg, um Hilfe zu finden. Nach langer und verzweifelter Suche schlüpfte er unter ein dürres Blatt und weinte, so laut er nur konnte. Das hörte eine Schnecke, die gerade an ihm vorbeischleifte. „Warum weinst du denn?", fragte sie ihn und schluchzend erzählte ihr Sven von dem Missgeschick, das ihnen geschehen war. „Ach", meinte die Schnecke, „geh doch zu den Blumen, die haben bestimmt noch Farben übrig." Das ist eine gute Idee, dachte sich Sven und ging gleich los, denn Blumen blühten überall. So fragte er das Schneeglöckchen: „Ach, liebes Schneeglöckchen, du hast so eine schöne, weiße Farbe, dich sieht man schon von Weitem. Hättest du für mich nicht auch ein paar Tropfen von deiner Farbe?" Doch das Schneeglöckchen sagte stolz: „Wer zu spät kommt, den bestraft das Leben. Ich habe meine Farbe vom Schnee bekommen und der ist getaut und zerronnen. Frag doch die Schlüsselblumen." Gut, dachte sich Sven, Gelb ist auch schön, und krabbelte schnell zu den Schlüsselblumen. Dort angekommen, bemerkte er, dass alle ihre Blütenknospen noch verschlossen waren und ihm keine öffnete. Da fragte er die Veilchen nach übriger Farbe, doch diese hatten sie ganz dick aufgetragen, damit sie tiefblau leuchteten und gut dufteten. „Geh doch zu den Tulpen, die haben bunte Farben!", rieten sie ihm. So versuchte es Sven auch noch bei den Tulpen, doch diese hatten eifrig alle ihre Farben verstrichen und nicht ein klitzekleiner Tropfen war noch übrig. Trostlos und verzweifelt krabbelte Sven weiter.

Plötzlich eilte eine Ameise an ihm vorbei und rief: „Was bist denn du für ein komischer Käfer, wie schaust denn du aus? Gerade noch recht für schmutzige Arbeit." Was meinte die Ameise damit? Schon kletterte sie eifrig einen Rosenstrauch hinauf. Sven hörte immer noch die Worte: „Schmutzige Arbeit." Schnell sauste er ihr hinterher, doch je höher er kam, umso mehr Ameisen rannten hier auf und ab, bis sie ihm den Weg ganz versperrten. Als er inne hielt, hörte er von oben herab ein jämmerliches Wimmern und Hilferufen. Da spannte er seine, wenn auch farblosen, Flügel aus und mit einem Riesenschwung flog er auf die Spitze des Zweiges. Jetzt bemerkte er, dass er auf einer Rosenknospe saß. Diese war von gefräßigen Blattläusen total umzingelt. Die Knospe konnte in ihrer beängstigenden Lage kaum noch atmen, denn das Ungeziefer saugte ihr alle Kraft aus. Da sagte Sven zu sich. „Arbeit macht nicht schmutzig, wenn man anderen damit helfen kann." Schnell befreite er die Knospe von den hungrigen Läusen und achtete darauf, dass ihr keine mehr zu nahe kam. Auch die Ameisen ließen sich nicht mehr blicken. Schon nach kurzer Zeit war aus der Knospe eine wunderschöne, rote Rose erblüht, die von allen bewundert wurde. Da sagte die Rose zu Sven: „Du hast mir das Leben gerettet, du bist mein kleiner Glückskäfer, jetzt hast du einen Wunsch frei." Da erzählte Sven der Rose, was ihm und seinen Artgenossen passiert sei und, dass sie sich schämten, ohne Farbe herum zu laufen. Er habe schon alles versucht, aber niemand wollte ihm helfen. Darum wünsche er sich nur ein Farbkleid für sich und seine ganze Käferverwandten. Da sagte die Rose: „Mein liebes, kleines Glückskäferlein, als Dank für deine mutige Tat und deine Hilfe gebe ich euch meine rote Farbe und dass euch jeder als Glücksbringer erkennt, bekommt ihr noch ein paar schwarze Punkte auf eure Flügel." Sven war so gerührt, dass er kaum noch sprechen konnte. Seine Flügel fingen plötzlich an zu schwirren und zu zittern. Sie leuchteten tief rot, so dass er glaubte, sie hätten Feuer gefangen. Überglücklich führte Sven einen Freudenflug um die Rose auf und bedankte sich herzlich dafür. Dann verabschiedete er sich von ihr und flog noch ein paarmal um sie herum.

Als er den Rosenstrauch anschließend hinunterkrabbelte, kamen ihm seine Geschwister und viele seiner Verwandten entgegen, alle im neuen Glückskäferkleid. Sie jubelten ihm zu und summten: „Sven ist unser König, unser aller Glücksbringer."

Seit der Zeit sind die Glückskäfer nützliche und natürliche Helfer bei der Schädlingsbekämpfung im Garten.

# Jakob und Pluto

*- Gerhard Sagasser -*

Ende der Sommerferien fuhr Jakob mit seiner Mutter zu einem Bauern mit Hofladen, um einzukaufen: Kartoffeln, Äpfel, Wurst und Fleisch. Während die Bäuerin und die Mutter mit dem Einkauf beschäftigt waren, trieb sich Jakob auf dem Bauernhof herum und entdeckte einen ganz jungen schwarzweiß gestreiften Kater. Als er ihn aufhob und sich auf den linken Arm legte, schmiegte sich das kleine Wollknäuel an ihn und schnurrte behaglich. Beide schlossen sofort Freundschaft.

Nicht, dass Jakob unter die Astronomen gegangen wäre, nein, er taufte den kleinen Kater Pluto, weil ihm dieser Name schon im Schulbuch seiner Schwester Leni gefallen hatte.

Den muss ich haben, aber wie soll ich das machen, überlegte Jakob, lief zur Mutter in den Verkaufsladen und stellte sich freudestrahlend mit dem Kätzchen auf dem Arm vor sie hin.

„Den darfst du aber nicht mitnehmen, der gehört uns nicht", sagte die Mutter sofort. „Nein Jakob, das kommt nicht in Frage, was würde der Papa dazu sagen", fügte sie noch schnell hinzu, als sie Jakobs bittenden und traurigen Blick sah.

Die Bäuerin, die das alles bemerkt und mitgehört hatte, kam Jakob zu Hilfe.

„Ach, lassen Sie dem Buben doch das Kätzchen. Sie werden sehen, die ganze Familie wird ihren Spaß daran haben."

„Aber die Arbeit!", gab die Mutter zu bedenken. In ihrem Inneren aber schwand ihr Widerstand und schließlich gab sie nach.

„Was müssen wir da alles besorgen, was frisst denn so ein kleines Kätzchen?", fragte sie die Bäuerin.

„Ach, das ist ja heutzutage ganz einfach. In jedem Supermarkt gibt es die richtige Katzennahrung", beriet sie Jakobs Mutter. Und mit der Stubenreinheit ginge das auch meistens recht schnell, fügte sie noch hinzu. Es wäre auch ganz gut, wenn das Kätzchen mal dem Tierarzt vorgestellt werden würde, damit man genau wisse, dass es gesund ist.

Überglücklich trug Jakob seinen kleinen Freund nach Hause und hätte am liebsten vor Freude laut gejubelt. Als seine Schwester Leni ihn damit kommen sah, war auch sie von dem neuen Hausbewohner begeistert und wollte gleich auch so ein Kätzchen. Aber da wehrte die Mutter sofort ab und bestimmte, dass der kleine Kater natürlich allen in der Familie und nicht nur Jakob gehöre. Der hörte das nicht gern, war aber klug genug, jetzt nicht zu widersprechen, denn noch wusste ja der Vater nichts von dem Familienzuwachs. Was wird der wohl sagen, ging es ihm durch den Kopf.

Als der Vater am Abend nach Hause kam und den kleinen Kater sah, bemerkte er natürlich auch gleich, dass ihn seine Frau und die Kinder erwartungsvoll ansahen. Er wusste, dass sie seine Entscheidung erwarteten, ob der Kater im Haus bleiben dürfte. Der Vater ließ sich Zeit. „Hm", meinte er, „ja, was haben wir denn da? Wo kommst du denn her?" Er bückte sich, nahm Pluto auf den Arm und sah dabei seine Frau an. Die erzählte ihm, wie das Kätzchen ins Haus gekommen sei.

„So", sagte der Vater schließlich, „wenn ihr das Kätzchen behalten wollt, dann seid ihr dafür auch verantwortlich, denn es ist kein Spielzeug, sondern ein lebendiges Wesen. Und weil Jakob es ins Haus gebracht hat, muss er sich auch besonders darum kümmern. Er muss mit ihm Gassi gehen und das Katzenklo reinigen. Eine Katze ist kein Hund, den man dressieren kann, aber man kann ihr zeigen und sie daran gewöhnen, an bestimmten Orten zu fressen, zu schlafen und aufs Klo zu gehen."

Von den strengen Worten des Vaters beeindruckt, nickten Jakob und Leni mit den Köpfen.

Jakob war stolz darauf, dass der Vater ihm die Verantwortung für Pluto übertragen hatte.

Sofort machte er sich daran, seinem kleinen Freund ein Spielzeug zu basteln. Nahm ein Wollknäuel aus dem Handarbeitskörbchen der Mutter und warf es Pluto zu. Der sprang darauf und tobte damit durch das Wohnzimmer.

„He da, das geht aber nicht", protestierte die Mutter, „ihr macht mir ja meine ganze Wolle kaputt." Also musste sich Jakob etwas anderes einfallen lassen. Er ging in den Garten, schnitt vom Haselnussstrauch eine lange Rute ab und machte daran eine Schnur fest, an deren Ende er eine Quaste hängte. Sofort versuchte Pluto, die Quaste zu fangen, als Jakob sie ihm vor der Nase hin und her pendeln ließ. Das machte nun beiden wirklich Spaß. Aber dauernd mit seinem Liebling zu spielen, schaffte Jakob nun doch nicht. Seine Hausaufgaben für die Schule musste er ja schließlich auch wieder machen, wenn die Ferien zu Ende sein würden.

Also suchte er in seiner Spielsachenkiste und fand einen kleinen Ball. Ja, und an dem hatte Pluto schnell so viel Spaß wie zuvor an dem Wollknäuel und die Mutter schimpfte nicht. Pluto schien nicht müde zu werden, hörte nicht auf, dem Ball nachzulaufen und stieß ihn immer wieder vor sich her.

Am nächsten Abend brachte der Vater eine kleine Maus aus Stoff mit heim. Eine Maus, was konnte es für eine Katze Schöneres geben, als eine Maus zu jagen.

Doch dann kam ein Tag, die Ferien waren längst vorbei und draußen war es kalt. Aus dem kleinen Kätzchen wurde langsam ein strammer Kater, der jetzt vor der offenen Haustür stand. Was war denn das? Die Welt hatte sich verändert. Den grünen Rasen, auf dem er so gerne Schmetterlingen nach-gejagt war, gab es nicht mehr. Der Garten mit all seinen Bäumen und Sträuchern war mit Schnee bedeckt. Pluto schnupperte vorsichtig am Schnee und setzte zaghaft eine Pfote darauf. Das unbekannte Weiß gab nach und erschreckt zog er die Pfote zurück. Seine Neugierde war aber geweckt. Er probierte es noch einmal und siehe da, er setzte auch die zweite Pfote daneben und schließlich lief er durch den Schnee und man merkte, dass es ihm Spaß machte.

Schon am Tag vor dem Heiligen Abend durften Jakob und Leni nicht mehr ins Wohnzimmer gehen, um das Christkind nicht zu stören. Das galt natürlich auch für Pluto.

Niemand konnte es später erklären, wie es dazu kommen konnte, aber Pluto hatte es geschafft, unbemerkt in das schon weihnachtlich geschmückte Wohnzimmer zu gelangen.

Während der Vater, Jakob und Leni am Nachmittag auf dem Friedhof waren und an den Gräbern der Großeltern Kerzen anzündeten, richtete die Mutter das Essen für den Heiligen Abend her. Keiner dachte an Pluto.

Dieser Schlingel stand im Wohnzimmer allein vor dem prächtig geschmückten Weihnachtsbaum und konnte nicht widerstehen, den funkelnden Schmuck, der an den Zweigen hing, näher zu untersuchen. Vorsichtig streckte er eine Pfote nach einer Glaskugel aus und blieb mit seiner Kralle an dem Drähtchen hängen, mit dem die Kugel an einem Zweig befestigt war. Er erschrak und zog die Pfote kräftig zurück. Dabei riss er auch die Kugel vom Zweig und auch eine zweite fiel auf den Fußboden und zerbrach. Pluto erschrak und sah sich wohl von dem Baum bedroht. Auch wenn ihn niemand dabei beobachtete, konnte die Familie später nur annehmen, dass er wütend geworden in den Baum geklettert war und ihn fürchterlich zerrupfte.

Die Hausklingel läutete. Der Postbote brachte ein Päckchen von einer Tante. Die Mutter nahm es ihm ab und wollte es als Überraschung gleich unter den Weihnachtsbaum legen.

Sie glaubte, das Herz würde ihr stehen bleiben. Tränen liefen ihr aus den Augen. Wer hatte den Weihnachtsbaum so zugerichtet? Die Antwort gab ihr Pluto. Mit einem böse klingenden Miauen schlich er an ihren Füßen vorbei aus dem Zimmer.

Im gleichen Moment hörte die Mutter Autotüren klappen. Der Vater war mit den Kindern vom Friedhof zurückgekommen. Die Kinder blieben im Auto sitzen, weil alle gleich weiter zur Christmette fahren wollten. Der Vater kam ins Haus und erschrak, als er die Mutter weinen sah.

„Was ist denn passiert?", fragte er.

„Komm, schau dir das an", schluchzte die Mutter und ging voraus ins Wohnzimmer.

„Ach, du meine Güte", mehr konnte der Vater nicht sagen.

Jetzt musste schnell gehandelt werden. Die Kinder durften nichts erfahren, ihre Weihnachtsfreuden sollten nicht getrübt werden.

„Fahr mit den Kindern in die Kirche, ich schau, dass ich den Baum wieder herrichten kann", schlug die Mutter vor.

„Nein, ich mache das und du fährst in die Mette", bestimmte der Vater. „Ich sage den Kindern, dass ich für die Firma noch etwas dringend erledigen muss."

Zwei Stunden später hörten die am Küchentisch

sitzenden Kinder nach dem Essen ein Glöckchen läuten und ihre Augen leuchteten auf.

„Jetzt schauen wir mal, ob das Christkind da war und uns etwas gebracht hat", sagte die Mutter und alle gingen ins Wohnzimmer, wo der Vater schon wartete.

Am Christbaum leuchteten die Kerzen. Alle vier stellten sich davor und sprachen ein Gebet, Jakob und Leni lasen abwechselnd die Weihnachtsgeschichte vor.

Der Weihnachtsfrieden war eingekehrt. Nur Jakob bemerkte einmal so ganz nebenbei: „Letztes Jahr hatte das Christkind aber mehr Kugeln angehängt."

Hinter der geschlossenen Tür erklang ein Miauen. Jakob ging schnell hinaus, nahm Pluto auf den Arm und trug ihn ins Wohnzimmer: „Schau her, das Christkind war hier", flüsterte er seinem Freund zärtlich ins Ohr und trug ihn dicht an den Baum. Doch der Kater bekam Angst, wehrte sich, krümmte sich in Jakobs Arm, sprang mit einem kräftigen Satz von ihm herab und rannte aus dem Zimmer. Nur Vater und Mutter wussten, warum.

Zwischen Weihnachten und dem bevorstehenden Jahreswechsel herrschte meist stürmisches Wetter mit viel Schneetreiben. Pluto schien das nicht zu beeindrucken. Immer wieder stand er vor der verschlossenen Haustür und wollte hinaus. Ständig miaute er und verlangte, dass ihm jemand die Tür öffne. Das wurde allen Familienmitgliedern bald lästig. Keiner schien für den armen Kater Zeit zu haben. „Geh du doch, du behauptest doch immer, dass er dir gehört", motzte Leni Jakob an, wenn er ihr zurief, sie solle aufstehen und die Haustür aufmachen.

An einem Nachmittag kam Jakobs Freund Günter auf Besuch und hörte, wie Leni und Jakob darüber stritten, wer dem Kater die Haustür aufmachen solle.

„Habt ihr denn keine Katzentür?", fragte Günter. Jakob und Leni sahen ihn erstaunt an. „Eine Katzentür?", fragte Jakob und lachte, als hätte Günter einen Witz gemacht.

„Ja, natürlich, eine Katzentür, die euer Pluto allein aufmachen kann und die dann von selbst wieder zufällt", erklärte Günter ihnen stolz. Dann zeichnete er ihnen auf ein Blatt Papier eine Katzentür und erklärte ihnen wie sie funktioniert.

„Wow", machte Jakob, „das ist die Lösung, dann brauchen wir dem Herrn Pluto wirklich nicht mehr dauernd die Tür auf- und zuzumachen."

Während des Abendessens erzählten Jakob und Leni ihren Eltern, was sie von Robert gehört hatten.

„Hm", machte der Vater und meinte, dass so etwas nicht ungefährlich sei. Er befürchtete, dass dann Diebe die Klappe benützen könnten, um leichter ins Haus einzubrechen.

Das leuchtete Jakob ein. Er war enttäuscht und sprach nicht weiter darüber.

Am nächsten Abend war es dann aber der Vater, der von selbst noch einmal über die Katzentür zu sprechen begann. „Jakob, du hast doch gesagt, dass

Günters Nachbarn so eine Katzentür haben. Meinst du nicht, wir sollten uns die einmal ansehen?"

Jakob strahlte: „Bestimmt dürfen wir das auch, die Leute kennen uns doch."

Am liebsten wäre Jakob noch am gleichen Abend losgerannt, um sich die Katzentür anzusehen. „Nur langsam", beruhigte ihn der Vater, „geh morgen erst mit Günter zu den Leuten und frage, wann es ihnen recht ist, dass ich mir ihre Katzentür mal anschaue."

Zwei Tage später konnten Jakob und sein Vater die Katzentür besichtigen und gingen anschließend gleich zu dem Schreinermeister, der sie eingebaut hatte und baten ihn, auch bei ihnen eine einzubauen.

So konnte auch Pluto schon bald durch seine eigene Tür aus- und eingehen. Zuerst stellte er sich natürlich dumm an. Jakob packte ihn aber und schob ihn gegen die Klappe, die dabei hoch ging und schon erkannte der Kater den Weg ins Freie. Nur noch dreimal musste Jakob nachhelfen und dann hatte Pluto gelernt, wie er aus dem Haus und wieder hineinkommen konnte.

Diese wunderbare Einrichtung hatte nun aber eine gute und eine schlechte Seite. Gut war es, dass nicht mehr gestritten wurde, wer Pluto die Tür auf und zu machen sollte. Schlecht war es aber, dass niemand mehr bemerkte, wenn er etwas ins Haus schleppte.

Eines Tages saß die Familie gerade beim Frühstück als der Vater etwas unter dem Heizkörper liegen sah. „Was ist denn das?", fragte er. Die Mutter stand auf und sah nach.

„Eine tote Maus", rief sie aus und hielt sich erschreckt die Hand vor den Mund. „So geht das nun aber wirklich nicht", jammerte sie.

„Da müssen wir natürlich etwas dagegen tun", beruhigte sie der Vater, „Pluto muss lernen, dass er das nicht darf." Niemand zweifelte daran, dass nur er die Maus ins Haus geschleppt haben konnte.

Der Vater, der merkte, dass sein Sohn stolz darüber war, dass sein Freund eine Maus gefangen hatte, ermahnte ihn aber, den Kater niemals dafür zu loben, wenn er etwas ins Haus geschleppt habe. Man müsse ihn im Gegenteil schimpfen und die Maus vor seinen Augen aus dem Haus werfen. Weil es der Mutter und Schwester Leni grauste, eine tote Maus anzufassen, wurde Jakob damit beauftragt, sie aus dem Haus zu schaffen.

Bald lernte Pluto, dass seine Beute im Haus unerwünscht war und versteckte sie im Garten.

Ja, so war Pluto, er sorgte einfach immer wieder für Abwechslung und Aufregung in der Familie.

Am ersten warmen Frühlingssamstag deckte die Mutter den Kaffeetisch auf der Terrasse.

Alle ließen sich auch den selbstgebackenen Kuchen der Mutter schmecken.

„Wo ist denn Pluto heute?", fragte die Mutter, „der schleicht uns doch sonst immer um die Beine, wenn wir essen."

Ja, wo war Pluto? Alle überlegten, wann sie ihn zuletzt gesehen hatten. Keiner konnte sich erinnern, ihn beim Mittagessen bemerkt zu haben.

Jakob nahm sein Kuchenstück vom Teller und machte sich kauend auf die Suche nach dem Vermissten. Leni half ihm dabei. Schon in großer Sorge um seinen Liebling, stand Jakob gerade unter dem großen Kirschbaum, als er über sich ein schwaches und ängstlich klingendes Miauen hörte. Zum Glück hatte der Baum zu dieser Zeit nur viele Blüten und noch kein volles Laub. So konnte Jakob den kleinen Ausreißer hoch oben im Geäst des Baumes sitzen sehen. Freudig rief er: „Da ist er, da, da ganz oben im Baum!" Schnell versammelte sich die Familie unter dem Kirschbaum und alle versuchten Pluto herunterzulocken. Aber alle Mühe war vergeblich, der Kater blieb auf seinem Ast hocken und miaute immer lauter.

„Ich glaube, er hat Angst", meinte der Vater, „ich werde mal versuchen, ihm entgegen zu klettern, vielleicht kommt er dann."

Weit konnte der Vater nicht klettern, die Äste wurden nach und nach zu schwach, um ihm den nötigen Halt zu geben. All sein „Miezmiez"-Rufen nützte nichts. Pluto miaute nur zurück und blieb auf seinem dünnen Ast sitzen.

„Wir brauchen eine lange Leiter", stellte Vater schließlich fest. „Komm, Jakob, wir holen uns die vom Nachbarn."

Die Leiter war schwer, aber der Nachbar half gern mit, sie zum Kirschbaum zu tragen.

Nun konnte der Vater so hoch hinaufsteigen, dass er Pluto hätte packen können. Ja, den hätte er packen können, wenn er sich hätte packen lassen. Kaum war der Vater auf dem Baum ganz oben angekommen, kletterte Pluto plötzlich, so schnell er nur konnte, den Stamm des Baumes entlang nach unten und sprang vom letzten Ast hinab ins Gras.

Jetzt saß der Kater unten und der Vater hoch oben im Baum.

„So ein Miststück", hörte Jakob den Vater schimpfen und sorgte sich um Pluto. Aber dann war auch der Vater froh, dass alles ein gutes Ende gefunden hatte. Er lud seinen Nachbarn zu einem Bier ein und Jakob schnappte sich noch ein Stück von dem Kuchen, den alle in der Aufregung und der Sorge um Pluto vergessen hatten.

Niemand der Familie ahnte in dieser Stunde, dass sie das letzte Abenteuer mit Pluto erlebt hatten. Am nächsten Morgen schlich er nicht wie üblich unter dem Frühstückstisch und zwischen ihren Beinen umher. War er wieder auf dem Kirschbaum? Nein, da war er nicht.

„Vielleicht hat er eine Freundin gefunden", versuchte der Vater seine besorgten Kinder zu trösten. An den bevorstehenden zwei Tagen mussten sie nicht in die Schule gehen und konnten nach Pluto suchen. Sie malten und hängten Plakate auf, sprachen mit der Polizei und allen Nachbarn. Aber Pluto blieb verschwunden, kam nie mehr durch seine Katzentür und alle waren sehr, sehr traurig.

# Cato vom Kartäusertal

*- Günter Schäfer -*

Es ist schon etwas seltsam. Selbst hier im Hundehimmel bekommt man mit, dass scheinbar jeder auf der Erde sein Leben in einer Biographie verfassen muss, obwohl er noch gar nicht so viel erlebt hat. Das scheint wohl so eine Macke zu sein, dass man Gott und der Welt alles von sich erzählen will.

Da ich mich hier oben ohne mein Herrchen und all die anderen aus meinem früheren Hundeleben manchmal etwas langweile, werde ich mich nun in die Reihe dieser Herrschaften eingliedern, um für euch ein paar Begebenheiten aus meiner Zeit auf der Erde aufzuschreiben. Einiges davon fand ich recht lustig, doch auf manch anderes hätte ich gerne verzichten können. Aber fangen wir doch ganz am Anfang an.

Ich war noch ein ganz frisch geborenes Fellknäuel, als ich mitbekam, dass ich aus dem Kreis meiner Geschwister herauskommen sollte. Ein junger Jägersmann kam eines Tages in unser Haus, da er sich unbedingt einen Jagdhund anschaffen wollte. Natürlich musste es ein ganz Besonderer sein, mit Stammbaum und von edler Abstammung. Dafür kam in meinen Augen selbstverständlich kein anderer infrage als ich, Cato vom Kartäusertal, ein reinrassiger deutscher Kurzhaar. Nachdem mein neues Herrchen alles Notwendige geregelt hatte, ging es im Auto ab in Richtung neues Zuhause. Was mich dort wohl erwarten würde?

Sicherlich ein herrschaftliches Gebäude mit

großem Park, damit ich genügend Platz zum Herumstreunen habe (immerhin war ich ja ein „Von"). Also wäre es wohl nur gerecht, mein zukünftiges Leben in einer prunkvollen, adligen Umgebung zu verbringen. Doch dieser Traum wurde mir schon nach kurzer Zeit zunichte gemacht, als mich mein Herrchen vor der Haustreppe eines kleinen landwirtschaftlichen Anwesens absetzte. Hier sollte also mein neuer Lebensabschnitt beginnen? Na, das konnte ja lustig werden. Aber da ich ja noch ganz am Anfang stand, wollte ich meinen anfänglichen Missmut nicht gleich kundtun, sondern erstmal abwarten. Also hinlegen, demütige Haltung annehmen, und einen neugierigen Blick in Richtung Haustüre werfen, durch die mein Herrchen nun verschwand.

Wobei das mit dem Blick ja gar nicht so einfach war. Mein großes Fell fühlte sich an, als ob da noch eines meiner Geschwister reinpassen würde. Und meine Ohren: viel zu lang. Die hingen mir ja bis auf den Boden hinunter. Da musste ich aufpassen, dass ich beim Laufen nicht drauf trete. Plötzlich ein Geräusch. Die Haustüre öffnete sich und mein Herrchen trat heraus. Allerdings nicht allein. Eine Frau stand neben ihm und sah mit zweifelndem Blick auf mich herab.

Da ich ja noch jung und unerfahren war im Umgang mit Frauen, fehlte mir in diesem Moment natürlich die Überzeugungskraft, um ihr zu zeigen, dass ich genau der Richtige war. Ich hatte nämlich so ganz nebenbei erfahren, dass die Mutter meines Herrchens gar keinen Hund mehr auf dem kleinen Hof haben wollte, nachdem Fricko, so hieß wohl mein Vorgänger, erst vor einiger Zeit in den Hundehimmel abberufen wurde. Was macht man als junger Spund also, wenn man Kontakt schließen möchte? Richtig: Einen treuherzigen, sehnsuchtsvollen Blick aufsetzen, wobei dies von unten herauf mit möglichst großen Augen geschehen sollte (ich kann euch sagen, dass das hundertprozentig funktioniert). Die Herzlichkeit, mit der ich empfangen wurde, war in diesem Augenblick kaum zu übertreffen. Da kann einem jeder adlige Protz und Prunk gestohlen bleiben.

Tja, so hatte ich nicht nur ein neues Herrchen, sondern auch ein Frauchen und noch eine ganze Menge mehr an Fans. Ihr lest schon richtig. Fans. Das hat schon seine Vorteile, wie ich im Laufe der folgenden Jahre erfahren habe.

Wenn du weißt, wie man die Menschen nehmen muss, ist der Begriff Hundeleben gar nicht so schlecht. Man hat jemanden zum Spielen und Toben, wird mit jeder Menge Köstlichkeiten versorgt (anstatt immer nur Trockenfutter runter zu würgen), und da mein Herrchen ja ein Jägersmann war, konnte ich mich sehr viel in der Natur aufhalten. Dank meiner Bestimmung wurde ich von ihm zu einem erstklassigen Jagdhund und dank meines Frauchens zu einem erstklassigen Schoßhund ausgebildet (man muss halt je nach Situation seine Prioritäten setzen).

Immer, wenn Herrchen in Jagdklamotten auftauchte, habe ich mir angewöhnt, Gewehr bei Fuß zu stehen, wie man in der Jägersprache zu sagen pflegt. Öfter musste ich jedoch auch ungeduldig zur Türe laufen und mächtig Laut geben, bis er endlich kapiert hatte, was ich wollte. Manchmal musste ich ihm sogar die Leine vor die Füße werfen, bis er sich schließlich bequemte, endlich aufzustehen. Das dämliche „Cato, aus!" oder „ruhig!" überhörte ich dabei oftmals unwissentlich (schließlich hatte ich auf Grund meiner Abstammung ein Recht darauf, ungeduldig zu sein). Also ging's letztendlich raus in Feld, Wald oder Flur, um dort nach dem Rechten zu sehen. Dass dir das als Hund jedoch nicht immer nur Vergnügen bereitet, musste ich eines Tages schmerzhaft am eigenen Leib erfahren.

Es kam immer wieder mal vor, dass sich wilde Katzen, die ich so gar nicht ausstehen konnte, auf den Feldern herumtrieben. Und das in meinem Revier. Eine bodenlose Unverschämtheit. Diese Störenfriede hatten nichts anderes zu tun, als die kleinen, unschuldigen Häschen, die unsereins bis zur nächsten Treibjagd schonen wollte, aufzuschrecken und zu jagen. Ich erblickte also auf einem unserer Begehungen einen solchen Unhold, als ich mir dachte: Mein ist die Jagd, und so sollte es auch bleiben.

Ehe sich mein Herrchen versah, spurtete ich auch schon los, um ihm das Ärgernis vom Hals zu schaffen. Herrchen hatte alle Mühe, mir dabei zu folgen. Aber das war nicht so schlimm. Für das hohe Tempo hatte er nun mal nicht die erforderlichen körperlichen Voraussetzungen. Da ist es schon von Vorteil, wenn man nicht nur zwei, sondern vier Beine hat. Wobei das bei uns Hunden ja nicht Beine, sondern Läufe heißt.

Einen Lauf hatte mein Herrchen aber auch in zweierlei Hinsicht. Er hatte wohl erkannt, dass meine Beute (als das betrachtete ich dieses Katzenvieh nämlich in diesem Moment) ziemlich groß war, was ihn dazu veranlasste, sein Lauftempo zu erhöhen.

Nachdem ich mich mit all meiner jugendlichen Kraft über den Wildkater hermachte, musste ich zu meinem Leidwesen feststellen, dass ich mich in meinem Vorhaben wohl etwas überschätzt hatte. Der Bursche war doch erheblich flinker und zäher, als ich es mir erträumt hatte. Als ich mehrfach versuchte, ihn in meine Fänge zu bekommen, wand er sich immer wieder daraus hervor. Er biss und kratzte was das Zeug hielt, traf mich dabei mehrfach im Gesicht und fügte mir schmerzhafte Wunden zu. Mit einem Hieb erwischte er mich an den Lefzen, riss mir diese blutig. Ich muss zugeben: Es hat mich überrascht, dass er sich mir nicht wehrlos ergeben wollte, um sein jämmerliches Dasein zu verlassen.

Mir blieb in diesem Moment keine andere Wahl, als mich während der Keilerei mit hilfesuchendem Blick an mein Herrchen zu wenden, der bereits mit gehetztem Blick versuchte, den Lauf seiner

Jagdflinte in die richtige Position zu bekommen. Aber nachdem das Katzenvieh partout nicht ruhig stehenbleiben wollte, konnte er nicht schießen. Doch er wäre nicht mein Herrchen, hätte er nicht einen Ausweg für uns gefunden.

Es stellte sich mal wieder heraus, dass man den Gehorsam im richtigen Moment nicht verweigern sollte. Nachdem ein Schuss nicht möglich war, ohne die Gefahr, mich dabei zu verletzen, griff er die Flinte am Lauf und rief mir zu: „Cato, aus!" Wie immer, (oder sagen wir mal, wie meistens), parierte ich selbstverständlich aufs Wort und überließ ihm das Kampfgebiet, damit auch er zu einem Erfolgs- erlebnis kommen konnte.

Kaum präsentierte ich ihm meinen Gegner auf dem silbernen Tablett, da schlug Herrchen mit dem Kolben voraus auf den Kater ein. Dieser jedoch erkannte wohl die drohende Haltung und erachtete es als besser, sich aus dem Staub zu machen. Dass dabei die Flinte meines Herrchens durch dessen rohe Gewalt, mit der er mich rächen wollte, zu Bruch ging, konnte in diesem Augenblick leider nicht verhindert werden. Durch einen Besuch beim Tierarzt und einen weiteren beim Büchsenmacher konnten wir letztendlich unsere Blessuren wieder vergessen.

Im Allgemeinen gab es aber mehr erfreuliche Erlebnisse. 1991 trat ein weiterer Fan in mein Leben. So wie es sich gehört, hat man mir diesen, oder besser gesagt, diese, natürlich zunächst zum

Beschnuppern vorbeigebracht. Nachdem ich das kleine Bündel Mensch von oben bis unten in Augenschein genommen hatte und feststellte, dass es viel kleiner war als ich, deutete ich durch meinen Blick an, dass die Aufnahmeprüfung bestanden war und alle waren zufrieden. Was gibt es Schöneres als die Liebe zwischen Mensch und Hund?

Wie unschwer zu erkennen, hatte sich zwischenzeitlich jemand aus der Fangemeinde selbstständig gemacht und mir ein weiteres Domizil errichtet. Glücklicherweise lag dieses nicht allzu weit von unserem Haus entfernt, sodass ich ab und zu einfach mal vorbeischauen konnte, wenn mir nach Streicheleinheiten oder einem Leckerli zumute war. Dass ich dabei immer diese doofe Zeitung ins Maul gesteckt bekam, war zwar nicht ganz im Sinne des Erfinders (wozu gibt es schließlich Postboten), aber es hatte auch sein Gutes: Weitere Streicheleinheiten folgten, als ich den Lesestoff bei Herrchens Vater ablieferte. Man muss sich halt seine Leute so ziehen, wie man sie braucht.

Was alle kapiert haben: Cato vom Kartäusertal fährt gerne Auto. Es dauerte nur eine Zeitlang, bis sie es intus hatten, dass man als Blaublütiger nicht irgendwo hinten drin Platz nimmt, womöglich gar in einem Käfig. Schlussendlich hatte ich ihnen aber doch begreiflich gemacht, dass der Beifahrersitz für mich reserviert war. Wenn kleine Kinder unbedingt mitfahren mussten, konnte man ja deren Sitze auf der Rückbank befestigen.

Wenn ich etwas gelernt hatte, dann war es Anstand. Wann immer wir zum Einkaufen fuhren, durften Herrchen oder Frauchen ihre Fleisch- und Wurstwaren ohne Sorge im Auto lassen. Da war ich eisern. Nur, wenn sich da Schokolade oder etwas Ähnliches befand, das dem Körpergewicht von Herrchen und Frauchen schaden könnte, habe ich mich geopfert, und diese Dinge in Rücksicht auf deren Gesundheit zu mir genommen. Über alles andere hatte ich ein wachsames Auge und verteidigte es gegen alle Gefahr.

Selbst ein großspuriger Dalmatiner, der aussah wie ein Zebrastreifen, nur eben mit Flecken, stellte da keine Ausnahme dar. Der dachte tatsächlich, er würde etwas abbekommen, nur weil er den Einkauf beim Metzger gewittert hatte. Ich habe ihm mit entsprechendem Laut schon gezeigt, wer Herr im Auto ist. Nachdem er sich jedoch auf seine Hinterläufe gestellt hatte, um seine freche Hundeschnauze durch das halb offene Fenster der Beifahrertür zu stecken (Mann, war der plötzlich groß), da zog ich es sicherheitshalber vor, mich in den Fußraum zurückzuziehen. Man sieht also: Auch Helden haben eine schwache Minute.

Dies gilt insbesondere in Situationen, wenn sie, wie ich des Öfteren auch, die Witterung eines läufigen Weibchens aufnehmen. Es ist ja nicht nur in der Natur des Menschen so, dass ein Mann da auf seltsame Gedanken kommt. Man(n) will, aber darf nicht. Zuhause versuchten sie mit aller Gewalt und sämtlichen Tricks, mich von meinen Rendezvous-besuchen abzuhalten. Als wenn die nicht gewusst hätten, dass in diesem Fall auch ein geschlossenes Hoftor keinen Ausflug verhindern kann. Sprang ich halt oben drüber. Leider stieß ich bei meinen Antrittsbesuchen beim weiblichen Hundegeschlecht nicht immer auf offene Ohren, sodass ich mich eben noch etwas im Dorf umsah, bis letztendlich einer meiner Fans zu Fuß oder gar mit dem Wagen kam, um mich zum Abendessen abzuholen. Das gab stets ein freudiges Gezeter, wenn sie mich wieder sahen.

Einmal ging jedoch so ein Ausflug beinahe in die Hose. Wenn man überall nur abblitzt, nicht die geringste Chance erhält, seine Gene weiterzugeben, kommt man ganz schön ins Schwitzen. Da hilft letztendlich, wie beim menschlichen Manne auch, nur ein kühles Bad. So begab ich mich also an eine mir bekannte Wasserstelle (dass es sich um die Kläranlage handelte, wusste ich bis dahin nicht), um mich entsprechend von den vergeblichen Anstrengungen zu erholen. Rein in die Fluten, eine Runde kraulen und ab nach Hause.

An diesem Abend konnte ich mich allerdings selbst nicht so recht riechen. Das lag jedoch nicht an den doofen Weibchen, sondern viel mehr an besagter Wasserstelle. Irgendwie muss da etwas nicht ganz in Ordnung gewesen sein. So konnte ich unmöglich zu Hause aufkreuzen. Das hätte mit Sicherheit Ärger gegeben. Aber man hat ja ein Ausweichquartier. Einige Male fest an der Haustüre gekratzt und schon wurde ich freudig in Empfang genommen. Obwohl mir das Naserümpfen schon etwas unpassend vorkam, schien es mir so, als wären alle heilfroh, mich endlich einmal wiederzusehen. Dem war zwar auch so, den restlichen Verlauf des Wiedersehens hatte ich mir jedoch anders vorgestellt. Kleine Sünden bestraft der liebe Gott sofort, hatte ich öfter mal gehört.

Die führten mich doch tatsächlich am Halsband in Richtung Heimat, wo ich eines dieser ekligen Schaumbäder zugeteilt bekam, trotz meiner demütigsten Haltung, die ich zur Begrüßung eingenommen hatte. An diesem Abend konnte ich nicht verstehen, weshalb es nur etwas Trockenfutter gab, und ich dazu auch noch auf mein Leckerli und meine ausgedehnten Streicheleinheiten verzichten musste. Wobei: Die Stimmlage von Frauchen am nächsten Morgen klang schon wieder etwas versöhnlicher. Sie konnte mir eben nicht allzu lange nachtragend sein.

So gingen die Jahre also ins Land. Wie auch bei den Menschen, wenn sie älter werden, traten bei mir nach und nach die Zipperlein auf, die mein Herrchen schlussendlich dazu veranlassten, mir meinen wohlverdienten Platz im Hundehimmel zu besorgen. So sitze ich also hier auf meiner Wolke im Kreise meiner Artgenossen. Ob ich meine Fans wohl irgendwann wiedersehen werde?

# Igel

*- Gabriele Schmid -*

Es gab da mal eine Igelstation in der Nachbarstadt. Igelstation – Station für Igel – schon mal gehört, jedoch bis jetzt für mich nicht wichtig. Aber Dinge ändern sich. Während eines Besuches bei Verwandten wird mir berichtet, dass sich im Garten seit Tagen vier Jungtiere dieser Art aufhalten würden. Allem Anschein nach Futter suchend, irren sie ziemlich hilflos umher, heißt es.

„Oh, kleine Igel, die sehen wir uns doch gleich mal an." Mein Sohn Daniel, Rosa, Oskar und ich begeben uns also in den Garten um nach dem Rechten zu sehen. Schon kommen die Winzlinge daher getippelt. Der Rasen ist momentan so hoch, dass sie ihre liebe Not haben, vorwärts zu kommen. Neugierig wackelt das Näschen, die dunklen Kulleraugen freuen sich auf neue Gesichter und die kurzen Füße müssen hübsch was leisten. Ich schaue ihnen zu, diesen putzigen Lebewesen, und auf der Stelle ist klar, dass hier etwas nicht stimmt. Wir haben helllichten Nachmittag – der Igel ist ein Nachttier –, es ist weit und breit keine Mutter in Sicht und sie suchen schnuppernd unsere Nähe.

Das ist nicht normal!

Was mag hier nur geschehen sein? Ist der Vierlingsmama etwas zugestoßen? Hat sie vielleicht ein Auto überfahren, oder hat sie wohl etwas gefressen, das sie getötet hat? Das wäre zwar sehr schlimm, aber letztendlich ist es egal, was passiert ist.

Wenn keine Mutter da ist, ist keine Mutter da!

Und nachdem mir Tante und Onkel erzählen, dass sie die Jungen schon seit Tagen beobachten, ist nun Hilfe angesagt, und zwar sofort! Wer weiß, wie lange die armen Kleinen noch durchhalten können. Ergo braucht man nun besagte Igelstation.

So schnell geht das.

Auf telefonische Nachfrage erklärt uns die Leiterin der Einrichtung, dass wir die Babys erst mal einfangen und wiegen sollten. Wir haben Oktober, der Winter steht vor der Tür. In ein paar Wochen beginnt der monatelange Schlaf, um durch die kalte Jahreszeit zu kommen. Bis dahin müssen sie mindestens 500g auf den Rippen haben, sonst erfrieren sie, weil sie vor lauter Futtersuche keine Ruhe finden.

Na denn los, greifen wir uns mal so ein Tierchen. „Autsch, verflixt, ich glaub's ja nicht." Man weiß zwar, dass solche Wesen keine Streichelkätzchen sind, aber diese Igel hier stechen dermaßen in meine Handfläche, dass ich jetzt am eigenen Leib erfahre, warum sie sofort in Ruhe gelassen werden, sobald sie sich einrollen. Ein genialer Schutz vor Feinden. Es ist ein ausgesprochener Glücksfall, dass die schnell übergezogenen Handschuhe die Erwartungen erfüllen, die man an sie stellt und so ist relativ schnell klar, dass die vier Findelkinder extrem untergewichtig sind. Die Kleinen in einen großen Karton verfrachtet, begleitet sie Daniel mit Rosa und Oskar in die Nachbarstadt. Man solle sie vorbeibringen, hieß es. Die „Herrin der Igel" wird sie zuerst mal von Zecken und Flöhen befreien, dann ein paar Wochen aufpäppeln und sie uns anschließend wieder zurückgeben. Wenn sie nämlich ihr ausreichendes Gewicht haben, können sie leicht in einer Nische im Garten von Tante und Onkel überwintern, so der Tenor. Nach zwei Stunden wird Daniel nach Hause gebracht und erzählt mir beiläufig, dass es in der Igelstation einen großen Hund gäbe.

Nun, unser Jüngster ist gerade mal sechs Jahre alt und wächst momentan mit einer altdeutschen Schäferhündin auf. An Diva, die nicht gerade von kleiner Statur ist, ist Daniel also gewöhnt und so kommt es, dass ich mir zwecks dieser Bemerkung keinerlei Gedanken mache.

Bald darauf haben alle Findlinge die kritische Phase gut überstanden, deshalb ziehen sie fünf Wochen später in Rosas Garten wieder ein, um zu überwintern.

Es ist Frühjahr geworden. Der Schnee hat sich verzogen, die Osterglocken und Krokusse spitzen hervor und unsere „Pensionsgäste" haben mächtig Hunger. Doch von was ernährt sich so ein Igel eigentlich? Auf keinen Fall von Milch! Das ist eine althergebrachte Falschmeldung. Das arme Tier bekommt davon Bauchschmerzen und Durchfall und letztendlich kann es daran sterben. Nein, ein Igel frisst Schnecken, Würmer, Raupen, Käfer und auch mal ein Ei, wenn er eines erwischt. Jetzt nach dem Winterschlaf ist aber das Nahrungsangebot recht knapp und erschwerend kommt ja noch hinzu, dass sich in diesem Garten nicht nur ein stacheliger Gast herumtreibt, sondern gleich mehrere. So und was macht man da? Man füttert natürlich zu. Sie bekommen täglich frisches Wasser, Katzenfutter aus der Dose und ganz spezielles, eigens zusammengestelltes Igelfutter aus bereits erwähnter Station.

Da die Vorräte aufgebraucht sind, werde ich losgeschickt, um Nachschub zu besorgen. Die Wegbeschreibung ist ganz easy und so stehe ich recht bald vor dem Gartentürchen eines großen Areals, das mit einem Jägerzaun eingegrenzt ist. Vorne links befindet sich das Gemüsebeet der Hausherrin und gleich daneben steht das Wohnhaus mit schönen Fensterläden und Terrasse. Ding-Dong - wer da? „Ah sie brauchen Futter, kommen sie doch bitte herein", begrüßt mich Frau Blumentopf.

Die gesamte Breite des Grundstücks beanspruchend, macht sich am hinteren Ende eine grau gestrichene Holzscheune breit. Die großen Fenster sind in viele kleine Quadrate unterteilt. Frau Blumentopf möchte, dass ich ihr dorthin folge. Noch etwas folgt ihr, oder besser gesagt, mir. Zwei extrem nervig kläffende Mischlingshunde, die sich aufführen als wären sie groß. Sie springen um mich herum, stellen sich mir immer wieder in den Weg und versuchen, mir mit ihrem permanenten Gebelle Furcht einzujagen.

Hallo ihr zwei, erkläre ich ihnen im Geiste, da müsst ihr schon früher aufstehen. Ich habe zu Hause einen Schäferhund, wenn der jetzt hier wäre, würdet ihr mal sehen, was wirklich groß ist.

Ich könnte mich mit den zwei Nervensägen noch stundenlang unterhalten, aber da wir nun am Ziel angekommen sind, muss ich unser Schwätzchen leider beenden, sorry Jungs.

Frau Blumentopf öffnet die mittlere der fünf Türen, schlüpft hinein und mit ihr die zwei Vierbeiner. Weg sind sie. Ich stehe etwas verloren im verwaisten Türrahmen und als ich gerade im Begriff bin, die beiden sich gleich dahinter befindlichen Stufen hoch zu steigen, um ihr zu folgen, gefriert mir sogleich und auf der Stelle das Blut in den Adern.

Wie aus dem Nichts steht da eine Dogge vor mir. Eine deutsche, weiß-schwarze, original lebendige Dogge. Eine von der Sorte: Nur Pferde sind größer. Und… sie steht auch noch oben auf dem Zenit der beiden Stufen, was zur Folge hat, dass sie sogar nochmals um einiges größer wirkt als sowieso schon.

Man stelle sich das nur mal bildlich vor. Ich, am unteren Ende der Treppe, die inzwischen artig geschlossene Türe im Rücken. Am oberen Ende der Stufen dieses „Riesending“, das mir aufgrund der unglücklichen Konstellation geradewegs und aus eben mal fünfzehn Zentimetern Entfernung kerzengerade ins Gesicht blickt. Meine Nase könnte ihre Schnauze berühren, wenn sie das wollte.

„Braver Hund!“

Auge in Auge stehen wir da und einer von uns beiden hat Mundgeruch. Das Blut weicht mir aus sämtlichen Gliedmaßen und wenn jetzt das Rote Kreuz vorbeigekommen wäre, wäre das so ziemlich nix geworden mit der heutigen Spende.

Um Himmels Willen, was mach ich denn jetzt? Ich bin wie angewurzelt, festgewachsen und festgeklebt gleichzeitig. Das also meinte Daniel damals, als er sagte: „Du, Mama, die haben da in der Igelstation aber einen großen Hund." Na toll.

Grundsätzlich hab ich keine Angst vor fremden Tieren. Anhand der Körpersprache kann ich von ihnen binnen kurzer Zeit sehr viel erfahren. Aber Angst oder nicht Angst – feines Hundilein oder nicht – es gibt Situationen, in denen man augenblicklich weiß, wer hier der Boss ist. Also, Gabi, immer schön Ruhe bewahren. Denk nach, was hast du für Möglichkeiten, um aus dem Schlamassel raus zu kommen?

Hmm… Ich könnte vorsichtig mit der Hand die Türklinke in meinem Rücken suchen, einen Schritt nach vorne machen, das Türblatt aufreißen und einfach abhauen. Ja, das könnte ich. Schön, aber was macht meine gescheckte XXL-Bekanntschaft dann? Nehmen wir mal an, ich könnte den Überraschungs-effekt ausnutzen und überlebe den Sprung in ihre Richtung, was ist, wenn ich die Tür hinter mir nicht mehr rechtzeitig zu kriege? Im Sprinten war ich schon immer eine Niete und eine Dogge ist von Natur aus ein Jagdhund. Diese hier hat auch noch eine Schrittlänge von absolut unverschämten Ausmaßen. Ob jetzt „Dutzi-Dutzi" also ein Schmuserchen ist, der nur mit mir spielen will und mich mit einem Hechtsprung zum Hierbleiben bewegt, oder ob er den erblich bedingten „Karnickelfangschlag" in meinem Nacken anwendet, ist so ziemlich dasselbe. Am Ende liegt die Gabi, begraben unter 90 kg Kampfgewicht, im grünen Gras, draußen im Garten. Tot oder lebendig. Und Igelfutter hab ich dann immer noch keines.

Oh nein, die Dogge öffnet ihr Maul. Kreidebleich und doch gleichzeitig höflich lächelnd, um sie auch ja nicht in Missstimmung zu bringen, sehe ich mir bewundernd ihr absolut makelloses, schneeweißes Gebiss an und stelle gleichzeitig mit einem gruseligen Schauer fest, dass mein kompletter Kopf zwischen diesen Zähnen Platz finden würde.

Im Geiste höre ich schon die Knochen knacken.

„Hallo, ich heiße Gabi", flöte ich. „Du, das tut mir jetzt echt leid, aber ich hab im Moment überhaupt keine Zeit. Magst du nicht woanders spielen gehen? Oder wie wär's, machst du mal schön sitz?" Ein allerletzter Hoffnungsschimmer hat sich wohl trotz der ausweglosen Lage in meinem Gehirn verirrt. Wer weiß, vielleicht hab ich ja Glück und dieses „Fast-Pferd" ist ein bisschen einfach gestrickt und hat somit nicht den leisesten Schimmer seiner Machtposition. Oder wer weiß, vielleicht lässt sich mein Gegenüber ja sogar von einem dahergelaufenen mickrigen Schäferhund-Besitzer was sagen.

Man muss es probieren!!

Von wegen „sitz". Als sie ein tiefes, brummiges, aus dem Bauch heraus gepresstes „Wau" von sich gibt, hab ich vom Luftzug einen neuen Scheitel. Den mitgelieferten Speichel getraue ich mir gar nicht von der Backe zu wischen.

Nur nicht bewegen und bloß keine Angst zeigen. So ein Blödsinn aber auch, schelte ich mich selbst. Jeder Hund kann Angst nicht nur sehen, sondern riechen. Jeder! Und das hier ist ein Gebrauchshund mit ausgeprägtem Instinkt und steht keinen halben Meter direkt vor mir und noch dazu auf seinem eigenen Territorium. Mehr geht nicht!

Langsam schließe ich also mit meinem Leben ab, als vom inneren des Schuppens irgendwie die Stimme von Frau Blumendings an mein Ohr dringt. Ich höre etwas wie: „Ach, kommen sie doch herein, Frau Schmid. Sie müssen keineswegs vorne an der Türe stehen bleiben." Ha, was für einen Clown hat die denn gefrühstückt? Ja, kriegt die denn gar nicht mit, dass ihr Hund gerade meine Knochen durchnummeriert, um sie später im Garten wieder geordnet ausbuddeln zu können? Wo ist die überhaupt die ganze Zeit? Ist die ausgewandert? Spinnt die, mich hier ihrem schwarz-weiß-gesprenkelten Monster zu überlassen? Ich dachte, die wollte mir was verkaufen!

Nach einer gefühlten Ewigkeit schlurft die Frau doch tatsächlich ums Eck, um mal nachzusehen, ob ich noch da bin. „Meine Liebe", zirpe ich achselzuckend, „wo sollte ich denn hin, unter diesen Umständen?"

Das Grundstück wider Erwarten doch noch lebend verlassen und stachelige Pensionsgäste durchgebracht, mache ich von nun an jedes Jahr drei Kreuze, wenn sich keine jungen Igel ohne ihre Mutter in unserer Nähe blicken lassen. Jemand anderem gönne ich auch mal, eine richtige deutsche Dogge aus nächster Nähe zu sehen.

Ist schon was Besonderes.

# Isabella

*- Sonja Strobel -*

Jeden Morgen, kurz vor Sonnenaufgang, hörten die Bewohner eines kleinen Bauernhofes den Morgengruß der Amsel. Froh kündigte diese den neuen Tag an.

Doch kaum war ihre harmonische Melodie verklungen, schreckte eine andere, befehlende Stimme Mensch und Tier aus dem Schlaf.

„Kikeriki, hey, Sonne steh auf! Kikeriki, meine Hühner wacht auf! Kikeriki, alles fertig zum Rapport!"

Dieses laute und schrille Kikeriki von Gockel Fritz riss auch Isabella aus ihren Träumen.

Sie blinzelte verschreckt und schlaftrunken und steckte danach ärgerlich nochmals ihr Köpfchen in die Federn. Seit sie in dieser abgeschiedenen Wohngemeinschaft lebte, störte sie dieses laute, morgendliche Ritual.

Ihren Mitbewohnerinnen machte es anscheinend nichts aus. Hurtig stiegen sie die Leiter hinunter, richteten ihre Kleider und rannten zum Frühstück in den Hof.

Dort begrüßte sie der Hahn Fritz mit stolz-geschwellter Brust. Auch Bauer Max kam schon mit Weizenkörnern, Salatblättern und frischem Wasser um die Ecke.

„Putt, putt, meine Hühnchen, puut, puut, hier gibt's was Feines!"

Suchend blickte er umher. Fehlte da nicht eines in seiner Hühnerschar?

Agathe, Lisa, Frieda, Rosa, Berta und Emma

waren da, doch sein Lieblingshühnchen vermisste er.

Bestimmt war sie noch nicht aufgewacht, die kleine Langschläferin.

„Isa, Isabella, wo bist du denn, meine Schöne?", lockte der Bauer, „ich habe extra feine Haferflocken und Löwenzahnblätter für dich!"

Diesem Angebot konnte Isabella nicht widerstehen. Eilig richtete sie ihr Gefieder und trippelte forsch am verdutzen Hahn vorbei dem Bauern entgegen. Dieser streichelte sie und reichte ihr die Leckerbissen. Sofort waren die anderen Hühner zur Stelle und wollten ihr diese entreißen. Doch geschwind hob der Bauer das Hühnchen samt seinem Frühstück hoch und setzte es auf seinen Lieblingsast im Holunderbusch.

Während nun die anderen Hühner erbost durcheinander gackerten, lachte der Landwirt und ging seiner Arbeit nach.

Fritz krakelte: „Immer diese Extrawurst, dabei hat Isa noch kein einziges Ei gelegt. Eine Schande ist das!"

Isabella seufzte. Eine ganze Woche lebte sie nun schon hier. Sie war ein Geburtstagsgeschenk für den Hausherrn gewesen, und sie war schön!

Also kein gewöhnliches schwarzes, braunes oder weißes Huhn so wie Lisa, Berta oder Agathe.

Nein, sie, die Isabella, war etwas ganz Besonderes. Allein, wie schon ihr Name klang. Sie hatte helle, seidige Federn mit schwarzen Tupfen, einen weiß gekräuselten Kragen und auf ihrem Kopf nicht nur einen gewöhnlichen roten Hühnerkamm. Isabellas Kamm war ebenso pinkfarben wie ihre Füße und steckte zwischen einem Büschel gelblicher, feiner Federchen, die bei jeder Kopfbewegung lustig hin und her flatterten.

Da war es auch kein Wunder, dass alle anderen aus dem Hühnervolk neidisch auf sie waren. Sie kannten nichts anderes, als jeden Tag fleißig Eier zu legen. Sie durften sich auch nicht aufregen, wenn diese ihnen am Abend wieder weggenommen wurden.

Dem alten Hahn Fritz, der sie ununterbrochen herumkommandierte, mussten sie folgen. Sonst war mit ihm nicht gut Kirschen essen. Manchmal ging er ihnen schrecklich auf die Nerven, aber er war der einzige Mann im Gehege.

Indessen saß Isabella auf ihrem Ast und seufzte. Plötzlich hörte sie eine flötende Stimme, die sie ansprach: „Warum bist du denn so traurig? Fühlst du dich nicht wohl, weil du immer so allein in dem Holunderbusch sitzt?" Mitleidig sahen sie zwei schwarze Augen an. Sie gehörten der Amsel.

„Ach, weißt du", jammerte Isabella, „die Anderen mögen mich nicht, weil mir ihre ‚Kultur' nicht gefällt. Und der Alte Fritz will nur immer anschaffen. Sogar Eier soll ich legen! Das ist doch wohl die Höhe! Ich möchte nicht den ganzen Tag lang mit den anderen Hennen im Dreck scharren und ihm nachlaufen."

Isabella flüsterte verschwörerisch: „Weißt du, ich

will etwas erleben."

„Ja", überlegte die Amsel „da wird es das Beste sein, wenn du den Alten Fritz überlistest. Mache die anderen Hühner zu deinen Freundinnen, denn ich glaube, auch sie haben seinen Kasernendrill satt. Sie trauen sich nur nicht, dagegen auf zu begehren."

„Und wie soll ich das anstellen?", erkundigte sich Isabella neugierig. Die Amsel wusste Rat, denn sie wollte dem überheblichen Hahn Fritz schon lange einen Denkzettel verpassen. Sein lautes Geschrei beleidigte jeden Tag ihre empfindlichen Ohren.

„Du musst nur warten, bis Fritz seinen Mittagsschlaf hält. Dann kannst du mit deinen Genossinnen über den niedrigen Zaun fliegen, und ihr seid im Obstgarten. Wenn du der Oberhenne Berta noch verklickerst, dass es jenseits eures Geheges dickere Regenwürmer als hier gibt, sind sie und die anderen Hühner bei diesem Abenteuer mit dabei."

Gesagt, getan. Endlich, endlich, nach einem ausgiebigen Sandbad, fielen dem Gockel schließlich die Augen zu, und er döste ein. Darauf hatten seine Hühnchen schon gewartet. Sie waren ganz gespannt auf den Ausflug ins Grüne. Aufgeregt hüpften sie auf einen Holzstapel und flatterten mit einigen Flügelschlägen über den Zaun. Alles ging gut, nur die dicke Berta brauchte etliche Anläufe, bis sie das Hindernis überwinden konnte. Endlich hatte auch sie es geschafft.

Eilig staksten sie mit großen Schritten bis ans Ende des Gartens.

„Hmm, soviel saftige Löwenzahnblätter! - Und dicke Käfer und Regenwürmer gibt es auch", gackerte Berta.

Übermütig über den gelungenen Streich, den der Alte Fritz noch nicht bemerkt hatte, rannte Isabella auf den angrenzenden Spielplatz.

Dort saß die kleine Marie auf einer Schaukel. Sie quietschte vor Freude, als sie das niedliche Hühnchen sah. Zuerst erschrak Isabella, ließ sich aber dann doch heranlocken und streicheln. Nachdem auch Emma, Lisa, Agatha, Frieda, Rosa und Berta neugierig angetrippelt kamen und sofort den Sandkasten zum Baden entdeckt hatten, da lachte die Kleine lauthals.

Mit der zutraulichen Isabella auf dem Arm schaukelte sie vergnügt hin und her. Isabella wurde es schwindlig und mit einem zaghaften gak, gak befreite sie sich strampelnd aus den Armen des Mädchens. Dabei fiel ein Klecks auf Maries Rock.

„O, je!", rief Marie „ist dir schlecht geworden?" Sie hob das ungelenk über das Gras stolpernde Hühnchen auf. „Du brauchst keine Angst zu haben", tröstete sie das Federbündel auf ihrem Arm „wir gehen nun zur großen Rutsche, das wird dir besser gefallen."

Und wirklich, das gefiel Isabella sehr! „Gock, gock, gock, noch einmal", feuerte sie Marie an, immer wieder auf den Hügel zu klettern und mit ihr herunter zu rutschen. Das bereitete Isabella sehr viel Spaß. In ihrem Eifer bemerkte sie den Bauern Max nicht, der seine Hühnerschar gesucht hatte und sie nun hier am Spielplatz fand.

„Ja, was fällt denn euch ein? Habt ihr daheim nicht genügend Platz?"

Sofort trieb nun die Oberhenne Berta ihre „Hühner-Mädels" zusammen und baute sich gewichtig vor dem Bauer auf.

„Goock, gockgock, wir haben heute unseren Betriebsausflug. Das haben wir dringend gebraucht! Goock!"

„Ist in Ordnung, aber nun rasch heim, bevor der Fuchs euch sieht", grinste der Bauer „außerdem habe ich für jedes von euch aus der Stadt ein goldenes Ringlein mitgebracht. Daheim stecke ich es euch an, wenn ihr euch untereinander und mit Isabella vertragt."

Freudig und aufgeregt gackerten die Hühner durcheinander und eilten mit langen Schritten zu ihrem Gehege.

Dort stand wartend schon der Alte Fritz. Er krähte aufgebracht: „Das ist ja allerhand, das ist eine Schand!"

„Ja, ja du hast nicht aufgepasst, mein Lieber", tadelte der Bauer gutmütig.

„Doch die Hühner wollten mal ohne dich und dein Kommando Urlaub machen. Vielleicht gewöhnst du dir in Zukunft einen anderen Ton an!"

Zerknirscht über die Zurechtweisung suchte Fritz ohne einen weiteren Kommentar seinen Schlafplatz auf.

In der Nacht träumte Isabella vom Spielplatz. Sie stand hoch oben auf dem Hügel, drehte zierlich eine Pirouette und tanzte fröhlich zu einem flotten Marschlied, das die Amsel pfiff.

Doch das Allerbeste war der Alte Fritz. In einer kurzen Lederhose und einem Seppelhut auf dem Hahnenkamm stand er vor ihr. Zwischen seinen Flügeln schimmerte eine kleine goldene Krone, und er verneigte sich: „Für dich, Prinzessin Isabella!" Dann fing er ihr zu Ehren noch zu jodeln an.

„Kickjolyeri, kjolykickerki...", so tönte es leise in Isabellas Ohr.

Da musste sie sogar im Traum lachen: „Gahaha, gahihi!"

Beim Morgenlied der Amsel stand sie leise auf, setzte sich in den Legekasten und legte prompt ein Ei. Natürlich kein weißes oder braunes, nein, es war zartgrün und wunderschön!

Isabella strahlte und war glücklich.

# Lumpi

*– Manfred Wiedemann –*

Hier möchte ich erzählen, dass mein Vater ein Hobby hatte, das damals noch Steckenpferd genannt wurde. Er handelte mit Hunden. Heute würde man das als anrüchig bezeichnen, aber damals war es wohl eher eine Dienstleistung, wie wir das jetzt nennen würden. Jeder, der einen Hund haben wollte, wurde von meinem Vater bedient. Ob groß oder klein, reinrassig oder Mischling, jeder bekam den gewünschten Hund. So war es nur natürlich, dass wir immer einen oder auch mehrere Hunde im Hause hatten. Meine Mutter war davon nicht begeistert, denn die Tiere mussten ja auch gefüttert werden und das kostete Geld. Wenn Vater aber ein paar Mark dabei verdiente, war auch sie wieder zufrieden.

Ab und zu nahm ich einen dieser Hunde an die Leine und spazierte mit ihm in ein ungefähr fünf Kilometer entferntes Dorf, wo meine Tante wohnte. Die Angst, entführt zu werden, hatte damals niemand. Wer sollte schon an mir Interesse haben? Außerdem würde mich der Hund ja beschützen. Der Grund für meine Wanderung war, dass mein Vetter ein Kinderfahrrad besaß, aber diesem schon entwachsen war. Ich hatte immer die Hoffnung, die Tante würde mir dieses Fahrrad schenken, was sie aber leider nicht tat.

Weil ich aber ein bewährter Hundeführer war, erklärte mir mein Vater eines Tages, ich müsste in einem anderen Dorf einen Hund abholen, den er gekauft hatte und auf den schon ein neuer Besitzer wartete. Der Hund war ein Fox-Terrier und schon ziemlich alt. Die Leine hatte ich vergessen. Der Vorbesitzer gab mir deshalb einen Strick, um den Hund zu führen. Dieser Teufel aber biss den Strick ab und verschwand über die Felder und Wiesen. Ohne diesen Hund aber wollte ich nicht heimkommen, auch wenn mich mein Vater deshalb nicht „gefressen" hätte, das wusste ich. Ich lief also dem Tier nach und konnte es tatsächlich wieder einfangen. Dabei biss mich der Hund in die Hand. Es war übrigens der Einzige von den vielen Hunden, die wir hatten, der mich gebissen hat.

Eines Tages erschien unser Dorfpfarrer bei meinem Vater mit dem Wunsch, er solle ihm einen Hund besorgen. Es sollte ein junger, schwarzer Schäferhund sein. Vater versprach ihm, er bekäme einen solchen. Schon nach ein paar Tagen war der Mann im Besitz des gewünschten Hundes. Der hatte auch alle guten Eigenschaften, um ein geeigneter Wachhund zu werden. Darauf hatte der Pfarrer besonderen Wert gelegt. Leider verkroch er sich aber, wenn er seinen neuen Herrn in seinem schwarzen Talar erblickte, was diesen natürlich nicht zufrieden stellte.

Zu dieser Zeit hatten wir einen Schnauzer-Mischling, der nur mir gehörte. Der war nicht zu verkaufen. Nun kam der Pfarrer mit der Bitte, mein Vater möge seinen Hund zurücknehmen, er hätte mit dem keine Freude. Mein Vater hat sonst nie einen Hund zurückgenommen, aber bei „Hochwürden" machte er eine Ausnahme. Und der wollte jetzt einen anderen Hund haben, egal was das sei, er wollte einfach einen Hund haben. Ich stand mit meinem Mischling dabei.

Vater meinte, wenn es recht wäre, könne er diesen haben und deutete auf meinen Hund. Ich glaubte meinen Ohren nicht zu trauen, das war doch mein Hund. Der Pfarrer war einverstanden und nahm meinen „Lumpi" mit sich. Ich heulte, tröstete mich aber damit, Lumpi sei ein treues Tier und würde bei nächster Gelegenheit beim Pfarrer ausreißen und zu mir zurückkommen. Mit Hunden kannte ich mich doch aus. Aber weit gefehlt. Nach zwei Wochen sah ich ihn wieder und wollte ihn streicheln. Lumpi aber knurrte mich unfreundlich an. Man konnte sehen, dass der Pfarrer ihn besser als wir gefüttert hatte, denn er war schon ziemlich rund geworden. Die Liebe geht halt auch bei einem Hund durch den Magen.

# Übersicht der Autoren

# Alfred Bäurle

Der Autor wurde 1942 in Deiningen geboren und ist dort in einer kinderreichen Familie aufgewachsen.

Nach 8 Jahren Volksschule erlernte er das Kfz-Mechaniker-Handwerk, besuchte anschließend eine Technikerschule, um danach bei Daimler Benz in Untertürkheim als Detailkonstrukteur im Lkw-Bereich zu arbeiten. Im Jahre 1967 zog er in das Ries zurück. Seit 1970 wohnt er mit seiner Frau in dem kleinen Dorf Laub, nachdem sie sich dort ein eigenes Haus gebaut hatten.

Es folgten nahezu vier Jahrzehnte Tätigkeit bei einer Nördlinger Großhandelsfirma, anfänglich als Projektant von Heizungsanlagen. Ab 1969 war er in diesem Betrieb 35 Jahre im Bereich der Datenverarbeitung für die EDV-Organisation und Programmierung des Host-Rechners verantwortlich.

Schreiben von Kurzgeschichten und Gedichten sowie das „Ikonen-Schreiben" gehören neben zahlreichen ehrenamtlichen Aktivitäten zu seinen Steckenpferden. Besonders liegt ihm die Pflege des Rieser Dialektes am Herzen.

Zu seiner Familie gehören seine Frau, zwei Töchter und vier Enkelkinder.

# Johann Enderle

Meine Jugend verbrachte ich im südlichen Franken und wohne jetzt seit fast 20 Jahren in Monheim / Bay.

Ich bin 1951 geboren und habe immer gerne Geschichten aufgeschrieben und erzählt.

Schon in den Jugendjahren schrieb ich Artikel für verschiedene Zeitungen, verfasste Gedichte und Erzählungen, die auch veröffentlicht wurden.

Ich habe im Maschinenbau gelernt.

Anfang der 70er Jahre heiratete ich meine erste Frau. Mit ihr habe ich drei Töchter.

Beruflich wechselte ich in die Versicherungsbranche, war Versicherungsfachmann und später Organisationsleiter und Bezirksdirektor der Württembergischen Versicherung.

Mit meiner Frau Margit bin ich seit 1999 verheiratet.

Im Sommer 2014 begann ich, meinen ersten Roman zu schreiben.

Mit dem Titel: „Durch den Steppensand des Lebens" erschien das Buch im Juli 2016 im Anthea Verlag, Berlin.

Zur Zeit arbeite ich an einer weiteren Geschichte mit historischem Hintergrund.

Ich bin Gründungsmitglied des Autorenclubs Donau-Ries in Donauwörth.

*Internetseite: www.johann-enderle.de*

# Gabriele Geiger-Bissinger

Die Autorin wurde 1967 in der Nähe von Neuburg an der Donau geboren. Die gelernte Industriekauffrau und Stadtführerin entdeckte ihre Vorliebe für Kurzgeschichten während eines Seminars für kreatives Schreiben.

Mit ihren Geschichten möchte sie die Leser zum Nachdenken, aber auch zum Lachen bringen.

Gabriele Geiger-Bissinger lebt mit Ihrer Familie und ihren Tieren in der Nähe von Donauwörth.

# *Irene Hülsermann*

Die Eltern der Autorin kommen aus Oberfranken, sie ist 1960 in Sonthofen geboren, in Starnberg aufgewachsen und lebt nun mit Mann, einem Sohn, einer Tochter und dem stolzen Kater Jack in Donauwörth.

Genauso abwechslungsreich verlief ihr Arbeitsleben. Nach ihrer Ausbildung zur Erzieherin arbeitete sie in einer bekannten und außergewöhnlichen Boutique in München. Im Anschluss an ihrer Rückkehr aus Rom, wo sie zwei Jahre gelebt hatte, arbeitete sie in einem Büro einer Computerfirma und in einem Autohaus. In Donauwörth machte sie ihr Hobby zum Beruf: Seit 20 Jahren unterrichtet sie Italienisch. Darüber hinaus schreibt sie als freiberufliche Journalistin Beiträge für den Kulturteil der Donauwörther Zeitung, den vmm Verlag Augsburg und verschiedene Magazine.

Im Jahr 2014 erschien ihr Kurzgeschichtenbuch „Sehnsucht nach Rom und Heimweh nach Bayern". Es folgte der Roman „Reise ihres Lebens", der in Italien spielt.

Sie ist Gründungsmitglied des Autorenclubs Donau-Ries.

*Internetseite: www.irene-huelsermann.com*

#  Kerstin Jähne

Kerstin Jähne stammt aus Pirna (bei Dresden) und lebt heute mit ihrer Familie in Donauwörth. Schon seit Kindertagen gilt ihre Leidenschaft dem Malen (Aquarellieren) und später kam das Schreiben dazu.

Sie verfasste aus ihrer beruflichen Perspektive schon zahlreiche Beiträge für verschiedene Zeitschriften, meist zu psychologischen Fachthemen, die sie gern informativ und locker aufbereitet. Genauso begeistert schreibt sie – nicht selten mit einem Augenzwinkern – Kolumnen und Kurzgeschichten. Dabei findet sie scheinbar Alltägliches spannend, auch wenn der Tag mal nicht so läuft… Denn selbst aus nervigen Begegnungen und kleinen Missgeschicken kann ja immer noch eine nette Geschichte werden. Manchmal eben mit einer Prise Fantasie.

# Ulrike Karg

Die Autorin wurde 1952 in Augsburg geboren und lebt mit ihrem Mann seit 2001 in Thierhaupten.

Nach Gymnasium und Gesellenbrief als Radio- und Fernsehtechnikerin arbeitete sie lange im elterlichen Betrieb mit Werkstatt und Ladengeschäft, wechselte dann in den Außendienst und bereiste als technische Beraterin mit Begeisterung Süddeutschland.

Im Alter von vierzig Jahren zwangen sie heftige Rückenschmerzen zur Aufgabe dieser interessanten Tätigkeit. Sie wechselte die Branche und fand beim Planen von Küchen eine neue Berufung.

2015 erreichte sie das Rentenalter und gewann damit neue Freizeit. Mit einer Trommelgruppe entlockt sie ihrer Djembé groovige Rhythmen aus Westafrika und schickt die Gedanken auf Weltreise.

VHS-Kurse in Donauwörth ermutigten sie zum Schreiben, was sie immer schon gerne getan hatte. Jetzt ist die Zeit reif, die Ideen im Kopf zu destillieren und als unterhaltsame Kurzgeschichten mit Feder oder Tastatur festzuhalten.

# Harald Metz

Geboren am 07.03.1948 in Dietramszell-Schönegg, wuchs Harald Metz in seiner Jugend in Geretsried/Obb. auf.

Durch die Bundeswehr kam er zur Grundausbildung nach Roth bei Nürnberg, anschließend nach Lagerlechfeld, wo er auch seine Ehefrau Christa kennenlernte. Es folgte Erndtebrück im Siegerland und nach einer Versetzung nach Lenggries/Obb. wohnte er mit seiner Gattin wieder in seine Heimatstadt Geretsried.

Harald bildete sich in Abendschulen zum Werbebetriebswirt aus und arbeitete in Werbeagenturen in München und als Printmedienberater bei BMW und wohnte in Unterschleißheim bei München.

Hier erlebte er mit seiner Frau die niedergeschriebenen Geschichten der „Drei Musketiere".

Als Rentner zogen die beiden 2010 nach Fünfstetten, auf den Kraterrand, im Donau-Ries.

Ihr Sohn lebt in Deggendorf und ist mit seiner Ehefrau Herausgeber der Stadtzeitung „Der Deggendorfer".

*Internetseite: www.autorharaldmetz.de*

# Petra Plaum

Wahl-Donauwörtherin, Dreifachmama, Medizinjournalistin, Dozentin für Erwachsenenbildung, Fachfrau für Öffentlichkeitsarbeit, Anglistin, Amerikanistin, Politikwissenschaftlerin und auch ein bisschen Schriftstellerin. Letzte Veröffentlichungen: Beiträge in der Anthologie „Urlaubstrauma (Deutschland)" (Hg. Abidi/Koeseling) und im Fachbuch „Die beste Schule für mein Kind" (mit Hutzenlaub, Lambertus; beide Eden Book Verlag).

Sie ist Gründungsmitglied des Autorenclubs Donau-Ries.

*Internetseite: www.petra-plaum.de*

# Petra Quaiser

Die Autorin wurde 1953 in Nördlingen geboren und wuchs dort auf. Seit 2004 lebt sie mit ihrem Mann Erwin in Alerheim. Nach ihrer Ausbildung zur Großhandelskauffrau und 20 Jahre Tätigkeit in einem mittelständischen Unternehmen in der Lohnbuchhaltung und im Sekretariat, wagte sie 1991 den Schritt in die Selbständigkeit.

Ein ganz neuer Lebensabschnitt begann 2003 mit der Ausbildung zur psychologisch sozialen Beraterin und zur Trauerbegleiterin. Gleichzeitig erlernte sie das tiefe Wissen der Astrologie, das Erstellen von Horoskopen und die Kunst des Kartenlegens.

Das i-Tüpfelchen ihrer Laufbahn aber war 2013/14 die Ausbildung zur Geschichten- und Märchenerzählerin bei den Sprechwerkern in München. Sie erzählt aber nicht nur Geschichten, sie schreibt auch als Autorin eigene Geschichten oder unterstützt Menschen, denen ganz einfach die Worte fehlen. Als freie Rednerin schreibt und hält sie Ansprachen zu gegebenen Anlässen wie Hochzeit, Trauerfeier oder sonstige Veranstaltungen. Ein herrlicher Weg hat sich damit aufgetan, der sehr vielseitig und endlos ist.

Petra Quaiser ist verheiratet und hat eine Tochter. Die treue Hündin Bella vervollständigt ihre Familie.

# *Viktoria Raab*

… wurde am 1. Januar 1944 in Schweinspoint als Viktoria Bobinger geboren. Die seit 2007 verwitwete Autorin lebt heute in Marxheim, Am Bach 5.

Sie ist gelernte Hauswirtschafterin und Mutter von drei Kindern.

Zu ihren Hobbys zählen Singen, Tanzen, Dichten und Geschichten schreiben.

Im Jahr 2010 hatte Viktoria Raab die Idee zum ‚Schweinspointer Heimatlied‘ und verfasste ein Werk mit sieben Strophen.

Die Herausgabe ihres Buches „Vergiss – mein – nicht" erfolgte 2012.

Raab ist seit 40 Jahren aktiv bei der Singgruppe ‚Lechsender Sängerinnen‘ und seit nunmehr 50 Jahren aktives Mitglied des örtlichen Kirchenchores.

Viktoria Raab ist regional verwurzelt, liebt ihre Heimat, die Natur, die Tiere und ihr Zuhause.

# Gerhard Sagasser

Geboren 1931 als Sohn eines Zollbeamten, aufgewachsen in Oberschlesien und im Sudetenland, an den Grenzen zu Polen und der Tschechoslowakei. Der Vater wurde zum Kriegsdienst einberufen und Gerhards Erziehung blieb von März 1938 bis Oktober 1947 seiner Mutter überlassen.

Stark prägten ihn seine Einsätze im Volkssturm, der Einmarsch der Roten Armee, die Vertreibungen aus dem Sudetenland und Schlesien, nicht zuletzt der schwere Anfang in Niederbayern.

Als staatlich geprüfter Landwirt trat er 1952 in die Bayerische Bereitschaftspolizei ein und 1992 als Erster Polizeihauptkommissar der Bayerischen Grenzpolizei in den Ruhestand.

Er ist seit 1992 verwitwet und Vater von drei erwachsenen Kindern.

1994 haben ihm eine Witwe und ihr erwachsener Sohn Donauwörth zur zweiten Heimat werden lassen.

Im Ruhestand beschäftigte er sich mit Imkerei und der ehrenamtlichen Arbeit im WEISSEN RING, jetzt schreibt er Lang- und Kurzgeschichten, Gedichte, Zeitgenössisches und Vergangenes.

# *Günter Schäfer*

wurde 1961 in Rain am Lech geboren und lebt mit seiner Familie seit 1989 in Reimlingen.

Hauptberuflich als Fachinformatiker tätig, schreibt der Autor seit mehr als zehn Jahren Kinderbücher und Lokalkrimis und ist seit Anfang 2016 Mitglied im Autorenclub Donau-Ries.

*Internetseite: www.krimi-lokal.de*

# *Gabriele Schmid*

… lebt gerne in ihrem kleinen beschaulichen Dörfchen nahe Donauwörth. Geboren im Sommer 1965 erlernte sie den Beruf der Einzelhandelskauffrau und übt diese Tätigkeit bis heute in verschiedenen Branchen des Verkaufes aus. Sie ist seit über 30 Jahren verheiratet mit demselben Mann und die beiden Söhne sowie ein großer Garten und zwei vom Neufundländer adoptierte Katzen runden das Familienidyll ab.

Als sie 2012 vom Schutzengel auf den Jakobsweg geschickt wird, verändert sich ihr Leben total. „Schreib ein Buch!", sagt dieser Engel am Ende der Wanderschaft und erteilt ihr somit den Auftrag, andere an ihrem Abenteuer teilhaben zu lassen.

Ein Jahr später steckt sie schließlich jene 339 Seiten – deren Entstehung tatsächlich einem wahren Wunder gleichen – in ihren Rucksack und trägt sie auf dem Camino wieder zurück nach Santiago de Compostela, dorthin, wo alles begann.

Was ihr auf dieser Pilgerschaft dann begegnet, hält sie ebenfalls fest und am Schluss des Schreibens stellt sich heraus, dass ihre Geschichte mit einer Begebenheit beginnt, deren Kreis sich erst am Ende des zweiten Bandes schließt.

Alles sollte so sein, alles musste genau so geschehen.

*Internetseite: www.die-wunder-des-camino.de*

*Sonja Strobel*

Die Autorin lebt in der Nähe von Donauwörth auf einem Bauernhof. Sie ist verheiratet und hat drei erwachsene Söhne.

Ihre Hobbys sind spezielle Stadtführungen für Kinder und Erwachsene. Sie zeichnet gerne und ist Illustratorin eines Kinderbuches.

Mit ihren Enkeln erzählt sie Fantasiegeschichten aus dem Stegreif.

# Manfred Wiedemann

wurde im Jahr 1942 in Mertingen geboren. Seine Schulzeit verbrachte er zunächst in der dortigen Volksschule und anschließend in der Realschule Heilig-Kreuz in Donauwörth. Er erlernte den Beruf des Elektrikers, in dem er später auch die Meisterprüfung ablegte. Seine Militärzeit verbrachte er bei der Marine. Später machte er sich selbstständig mit einer Firma für Elektrische Schaltanlagen.

Zu schreiben begann er schon im Alter von etwa zwölf Jahren. Seine Eltern waren der Meinung, es wäre besser zu arbeiten als zu schreiben. Leider gibt es deshalb nichts von diesem frühen „Geschreibe" mehr. Durch den Beruf und viele Ehrenämter, wie Gemeinderat, Vereinsvorstand usw., kam er kaum noch zum Schreiben.

Erst im Rentenalter besann er sich wieder auf sein Talent dafür. Das Ergebnis sind drei Bücher mit Gedichten, Kurzgeschichten und einigen Novellen. Er ist Gründungsmitglied des Autorenclubs Donau-Ries.

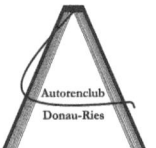

Autorenclub
Donau-Ries